रहें, न रहें हम

रहें, न रहें हम

डॉ. राजेश गुप्ता

प्रभात
प्रकाशन

प्रकाशक

प्रभात प्रकाशन प्रा. लि.

4/19 आसफ अली रोड, नई दिल्ली–110002

फोन : 011–23289777 • हेल्पलाइन नं. : 7827007777

इ–मेल : prabhatbooks@gmail.com ❖ वेब ठिकाना : www.prabhatbooks.com

संस्करण

प्रथम, 2023

★

RAHEN, NA RAHEN HUM

by Dr. Rajesh Gupta

Published by **PRABHAT PRAKASHAN PVT. LTD.**

4/19 Asaf Ali Road, New Delhi-110002

ISBN 978-93-5521-506-2

लताजी,
आप हम सबमें हैं,
सदा के लिए

लेखकीय

हर किसी की ज़िंदगी में बहुत सारी ऐसी चीज़ें हो जाती हैं, जिसकी कभी कल्पना तक नहीं होती। पर शायद इसीलिए हम इसको ज़िंदगी कहते हैं। जो बहुत सोच-समझकर किया जाए, अकसर हो नहीं पाता और जो कभी सोचा न हो, वह अचानक ही हमारे सामने आकर खड़ा हो जाता है। यह पुस्तक मेरी ज़िंदगी की एक ऐसी ही अकल्पनीय घटना है।

अब सोचता हूँ तो लगता है कि बात आज की नहीं है। यह बात उस ज़माने की है, जब गाँव में छत पर सुकून भरी रात के सन्नाटे में कहीं दूर बजते हुए रेडियो की मद्धम आवाज़ कानों में रस घोल देती थी। ख़ासतौर पर जब वह आवाज़ हमारी-सबकी-अपनी लताजी की रही हो, जिनकी सुरीली आवाज़ मेरे दिलो-दिमाग़ पर आज तक छाई रही है और ताउम्र रहेगी। विविध भारती पर बजते बिनाका (सिबाका) गीतमाला, छायागीत, हवामहल, जयमाला जैसे कार्यक्रम हमारी ज़िंदगी का एक अहम हिस्सा थे। जब स्कूल से निकलकर कॉलेज गए तो वहाँ भी मनोरंजन का एकमात्र ज़रिया था रेडियो पर गाने सुनना। ये वे हिंदी फ़िल्मी गाने हैं, जो तब से लेकर अब तक बजते रहे हैं, मगर कभी पुराने नहीं हुए। आज भी जब दिल गुनगुनाता है तो यही गीत ही ज़बान से निकलते हैं। देखते-ही-देखते कितने साल बीत गए, एक-एक साल एक युग जैसा लगता है। ज़िंदगी में शोर बढ़ता गया, भागदौड़ बढ़ती गई, मगर आज भी जब दो पल के सुकून की तलाश होती है तो वह इन्हीं गीतों के साये में मिलता है।

पिछले साल अचानक कुछ ऐसे ही गीतों को सुनकर ज़ेहन में कुछ अल्फ़ाज़ गूँजने लगे। ऐसे में एक ख़याल आया कि क्यों न इन उत्कृष्ट रचनाओं में नए अंतरे जोड़े जाएँ। काम आसान नहीं था। एक तरफ़ तो ये कालजयी गीत और दूसरी तरफ़ इनको रचने वाले महान् कलाकार। कितने सवाल मेरे मन में आते रहे। क्या यह करना सही होगा? क्या मैं यह कर पाऊँगा? क्या इन गीतों के प्रशंसक, जिनमें मैं भी शामिल हूँ, मेरे लिखे अंतरों से नाराज़ तो नहीं होंगे? क्या मुझे उन महान् गीतकारों के लिखे शब्दों में अपने शब्द मिलाने की हिम्मत करनी चाहिए? अगर मैं उन गीतों के साथ न्याय न कर पाया तो? ऐसे और भी हज़ारों सवाल मुझे यह काम करने से रोक रहे थे, लेकिन कुछ दोस्तों ने जब मेरे लिखे हुए अंतरे सुने तो मुझे बहुत प्रोत्साहित किया और मैंने भी जी-जान लगाकर पूरी ईमानदारी से कोशिश की कि इन गीतों की गरिमा में कोई कमी न आए। मेरे लिखे हिस्से पढ़कर या गाकर ऐसा लगे कि ये उसी शाख़ के फूल हैं, जो किसी वजह से तब नहीं खिले।

इस पुस्तक में ज़्यादातर विविध भारती के ज़माने के गीत तो हैं ही, पर उनके साथ-साथ कुछ नए दौर के मेरे पसंदीदा गीतों को भी शामिल किया गया है।

इस पुस्तक का पूरा आनंद लेने के लिए एक बेहद प्रचलित गीत 'प्यार किया तो डरना क्या' को उदाहरण के लिए अगले पृष्ठ पर पेश किया गया है। इसे एक बार ध्यानपूर्वक देखेंगे तो पूरी पुस्तक की संरचना समझना आसान हो जाएगा।

प्यार किया तो डरना क्या

प्यार किया तो डरना क्या
जब प्यार किया तो डरना क्या
प्यार किया कोई चोरी नहीं की
प्यार किया कोई चोरी नहीं की
छुप-छुप आहें भरना क्या
जब प्यार किया तो डरना क्या

आज कहेंगे दिल का फ़साना
जान भी ले ले चाहे ज़माना
मौत वो ही जो दुनिया देखे
मौत वो ही जो दुनिया देखे
घुट-घुट कर यूँ मरना क्या
जब प्यार किया तो डरना क्या

↓

बाईं तरफ़ ऊपर की ओर मूल गीत का मुखड़ा और एक अंतरा दिया गया है जिससे आपको पुराने बोल और धुन याद करने में आसानी हो।

बाईं तरफ़ नीचे की ओर मूल गीत के रचनाकारों का नाम दिया गया है।

↓

गीत—शकील बदायूँनी
संगीत—नौशाद
फिल्म—मुग़ल-ए-आज़म (1960)
निर्माता—के. आसिफ़
निर्देशक—के. आसिफ़

दाहिनी तरफ़ मेरे द्वारा नए अंतरे लिखे गए हैं। यदि आप गीत को उसी धुन में पढ़ेंगे तो आपको बेहद आनंद आएगा।

↓

क़ैद हमारा जिस्म करेंगे,
हम भी यही बे-ख़ौफ़ कहेंगे
इश्क़ इबादत जिसकी नहीं है
इश्क़ इबादत जिसकी नहीं है
ऐसे जहाँ में रहना क्या
जब प्यार किया तो डरना क्या

बनके लहू नस-नस में बहेगा
दिल की हिफाज़त इश्क़ करेगा
हिज्र अगर शमशीर नहीं है
हिज्र अगर शमशीर नहीं है
वस्ल का वादा करना क्या
जब प्यार किया तो डरना क्या

कल ही बुझी थी प्यास ज़रा सी
आज ये दुनिया ख़ून की प्यासी
रूह की बाज़ी लग ही चुकी है
रूह की बाज़ी लग ही चुकी है
जान बचाकर करना क्या
जब प्यार किया तो डरना क्या

मैं उन सभी कलाकारों को कोटि-कोटि नमन करता हूँ, जिन्होंने इन गीतों को दिल से लिखा, सुर से सजाया, पूरे एहसास से गाया, इनको रुपहले परदे पर साकार किया और सदियों से हमारे

दिलों पर राज किया। 'रहें, न रहें हम' उन सभी कलाकारों को मुझ जैसे एक मामूली श्रोता की तरफ़ से भावभीनी श्रद्धांजलि है।

मैंने हर गीत के साथ उनके रचनाकारों के नाम उसी पेज पर दिए हैं। अगर इन गीतों के रचनाकारों के नाम लिखने में कोई ग़लती हुई हो तो मुझे अपनी माफ़ी का हक़दार बनाने की कृपा करें। इन गीतों को आवाज़ किसने दी है, यह लिखने की ज़रूरत नहीं है, हम सब उन आवाज़ों से भलीभाँति परिचित हैं।

उम्मीद है कि आप मेरा प्रयास सराहेंगे। आपकी प्रतिक्रियाओं का इंतज़ार रहेगा।

—डॉ. राजेश गुप्ता

इ-मेल : drajeshg@gmail.com
मोबाइल नंबर : +91 9654543344

अनुक्रम

इंतज़ार

प्यार

दर्द

•••

किसी उम्मीद ने आकर ये पक्का घर बनाया था
डराकर ख़ौफ़ ने लेकिन मेरा बीमा कराया था
दिया ख़्वाबों ने बेहद **हौसला** लेकिन न जाने कब
हक़ीक़त ने किया तैयार भी मुझको बहुत ज़्यादा

•••

जलते हैं जिसके लिए

जलते हैं जिसके लिए तेरी आँखों के दीये
ढूँढ़ लाया हूँ वही गीत मैं तेरे लिए
जलते हैं जिसके लिए

दिल में रख लेना इसे हाथों से ये छूटे न कहीं
गीत नाज़ुक है मेरा शीशे से भी, टूटे न कहीं
गुनगुनाऊँगा यही गीत मैं तेरे लिए
जलते हैं जिसके लिए

बाँध बनके जो मेरे दिल में रहा बह न सका
प्यार आँखों की ज़ुबाँ बनके भी कुछ कह न सका
लिखके लाया हूँ वही गीत मैं तेरे लिए
जलते हैं जिसके लिए

जिन ख़यालों में यूँ ही चलते-फिरते मिले थे कभी
जिन बहारों में लिये प्यार की ख़ुशबू खिले थे कभी
फिर सजा लाया वही गीत मैं तेरे लिए
जलते हैं जिसके लिए

इक तमन्ना जो मेरे चाँद के दिल में दबी ही रही
उसकी नज़रें जिन सितारों से कभी हटी ही नहीं
तोड़ लाया हूँ वही गीत मैं तेरे लिए
जलते हैं जिसके लिए

ज़िंदगी फिर से चले राहों पे सबसे मिलके गले
रात हो फिर से हसीं शाम सुहानी दिन न जले
उम्रभर गाऊँ यही गीत मैं तेरे लिए
जलते हैं जिसके लिए

□

गीत—मजरूह सुल्तानपुरी
संगीत—एस.डी. बर्मन
फिल्म—सुजाता (1959)
निर्माता—बिमल रॉय
निर्देशक—बिमल रॉय

तू प्यार का सागर है

तू प्यार का सागर है
तेरी एक बूँद के प्यासे हम
लौटा जो दिया तूने
चले जाएँगे जहाँ से हम

घायल मन का पागल पंछी
उड़ने को बेक़रार
पंख हैं कोमल आँख हैं धुँधली
जाना है सागर पार
अब तू ही इसे समझा
राह भूले थे कहाँ से हम
तू प्यार का सागर है

एक सफ़र है राह सैकड़ों
किस किस ओर चलें
एक ही मन में लाखों आरज़ू
साथ ही कैसे पलें
अब राह हमें दिखला
जिएँ किस चाह में आख़िर हम
तू प्यार का सागर है

तुझे खोजती भटक रही है
राहें रोज़ मेरी
जहाँ मिली थी तेरी ख़बर अब
तू वहाँ भी नहीं
अब तू ही मुझे बतला
कि पाएँ ख़ुद को कहाँ से हम
तू प्यार का सागर है

तेरी बूँद से मिली ज़िंदगी
तुझमें डूब गई
जिधर से आई उधर ही वापस
मौजें लौट गईं
मिट्टी का खिलौना था
चले आँसू में बहा के हम
तू प्यार का सागर है

□

गीत—शैलेंद्र
संगीत—शंकर-जयकिशन
फिल्म—सीमा (1955)
निर्माता—अमिया चक्रवर्ती
निर्देशक—अमिया चक्रवर्ती

आ चल के तुझे

आ चल के तुझे मैं ले के चलूँ
एक ऐसे गगन के तले
जहाँ ग़म भी ना हो आँसू भी ना हो
बस प्यार-ही-प्यार पले
एक ऐसे गगन के तले

सूरज की पहली किरण से आशा का सवेरा जागे
चंदा की किरण से धुलकर घनघोर अँधेरा भागे
कभी धूप खिले कभी छाँव मिले
लंबी सी डगर ना खले
जहाँ ग़म भी ना हो आँसू भी ना हो
बस प्यार-ही-प्यार पले
एक ऐसे गगन के तले

हर रंग मनाए होली हर रूप में हो ख़ुशहाली
दिन ईद मनाए ख़ुशियाँ और रात मनाए दीवाली
जहाँ मिलके गले हर फूल खिले
जहाँ प्यार के दीप जले
जहाँ ग़म भी ना हो आँसू भी ना हो
बस प्यार–ही–प्यार पले
एक ऐसे गगन के तले

रिश्तों में नहीं हो बंधन, बातों में नहीं हों वादे
जहाँ सिर्फ़ मोहब्बत में हम एक–दूजे पे जान लुटा दें
जहाँ नाम ना हो, इल्ज़ाम ना हो
सब साथ में फूले–फले
जहाँ ग़म भी ना हो आँसू भी ना हो
बस प्यार–ही–प्यार पले
एक ऐसे गगन के तले

हथियार ना हो हाथों में, तकरार ना हो बातों में
सरहद पे चले न गोली, जहाँ ख़ून न हो ख़्वाबों के
जहाँ दिल की कहें, जहाँ दिल से सुने
जहाँ बातों से जंग टले
जहाँ ग़म भी ना हो आँसू भी ना हो
बस प्यार–ही–प्यार पले
एक ऐसे गगन के तले

□

गीत, संगीत, निर्माता, निर्देशक—किशोर कुमार
फिल्म—दूर गगन की छाँव में (1964)

ना मुँह छुपा के जियो

ना मुँह छुपा के जियो और ना सर झुका के जियो
ग़मों का दौर भी आए तो मुस्करा के जियो

घटा में छुप के सितारे फ़ना नहीं होते
अँधेरी रात के
अँधेरी रात के दिल में दीये जला के जियो
ना मुँह छुपा के जियो और ना सर झुका के जियो
ग़मों का दौर भी आए तो मुस्करा के जियो

कोई भुला दे तो मरना सही नहीं यारों
किसी की याद में
किसी की याद में दिल का जहाँ बसा के जियो
ना मुँह छुपा के जियो और ना सर झुका के जियो
ग़मों का दौर भी आए तो मुस्करा के जियो

लिखा है जो भी मुक़द्दर वही नहीं होता
तुम अपने हाथ का
तुम अपने हाथ का लिक्खा भी आज़मा के जियो
ना मुँह छुपा के जियो और ना सर झुका के जियो
ग़मों का दौर भी आए तो मुस्करा के जियो

चला गया जो समुंदर की मौज था, साहिल
समय की रेत से
समय की रेत से नामो-निशान मिटा के जियो
ना मुँह छुपा के जियो और ना सर झुका के जियो
ग़मों का दौर भी आए तो मुस्करा के जियो

□

गीत—साहिर लुधियानवी
संगीत—रवि
फिल्म—हमराज़ (1967)
निर्माता—बी.आर. चोपड़ा
निर्देशक—बी.आर. चोपड़ा

ये वादियाँ ये फ़िज़ाएँ

ये वादियाँ ये फ़िज़ाएँ बुला रही हैं तुम्हें
ख़मोशियों की सदाएँ बुला रही हैं तुम्हें
ये वादियाँ ये फ़िज़ाएँ बुला रही हैं तुम्हें

तुम्हारी ज़ुल्फ़ों से ख़ुशबू की भीख लेने को
झुकी-झुकी सी घटाएँ बुला रही हैं तुम्हें
ख़मोशियों की सदाएँ बुला रही हैं तुम्हें
ये वादियाँ ये फ़िज़ाएँ बुला रही हैं तुम्हें

तेरे ख़यालों में बहकी हुई कोई कोयल
जो हँसके गीत सुनाए, बुला रही है तुम्हें
ख़मोशियों की सदाएँ बुला रही हैं तुम्हें
ये वादियाँ ये फ़िज़ाएँ बुला रही हैं तुम्हें

लो नर्म धूप की चादर बिछा गया सूरज
लो आफ़ताब निगाहें बुला रही हैं तुम्हें
ख़मोशियों की सदाएँ बुला रही हैं तुम्हें
ये वादियाँ ये फ़िज़ाएँ बुला रही हैं तुम्हें

ये मस्त फूल की बेलें झुकी-झुकी हैं अगर
खुली-खुली सी ये बाँहें बुला रही हैं तुम्हें
ख़मोशियों की सदाएँ बुला रही हैं तुम्हें
ये वादियाँ ये फ़िज़ाएँ बुला रही हैं तुम्हें

तेरे क़दम-से-क़दम आज मिलाने के लिए
ख़ुद आगे बढ़के ये राहें बुला रही हैं तुम्हें
ख़मोशियों की सदाएँ बुला रही हैं तुम्हें
ये वादियाँ ये फ़िज़ाएँ बुला रही हैं तुम्हें

□

गीत—साहिर लुधियानवी
संगीत—रवि
फिल्म—आज और कल (1963)
निर्माता—वसंत जोगलेकर, चिंतामणि बोरकर
निर्देशक—वसंत जोगलेकर

रहें ना रहें हम

रहें ना रहें हम, महका करेंगे
बन के कली, बन के सबा बाग़े-वफ़ा में
रहें ना रहें हम

मौसम कोई हो इस चमन में
रंग बनके रहेंगे हम ख़िरामा
चाहत की ख़ुशबू यूँ ही ज़ुल्फ़ों
से उड़ेगी ख़िज़ाँ हो या बहारा
यूँ ही झूमते, यूँ ही झूमते और खिलते रहेंगे
बन के कली, बन के सबा बाग़े-वफ़ा में
रहें ना रहें हम, महका करेंगे
बन के कली, बन के सबा बाग़े-वफ़ा में
रहें ना रहें हम

जब भी हमारी बात होगी
ज़िक्र में तुम रहोगे, ख़्वाब बनकर
हम हों कहीं भी पर हमारी
फ़िक्र में तुम रहोगे, याद बनकर
इसी ख़्वाब में, इसी याद में हम जी भर जिएँगे
बन के कली, बन के सबा बाग़े-वफ़ा में
रहें ना रहें हम

एक-दूसरे से यूँ जुड़े हैं
दो बदन हैं मगर हम एक जाँ हैं
करते हैं बातें हम नज़र से
एक दिल है, हमारी एक ज़ुबाँ है
यूँ ही बिन कहे यूँ ही बिन सुने दिल बातें करेंगे
बन के कली बन के सबा बाग़े-वफ़ा में
रहें ना रहें हम

बनके सितारा आरज़ू में
तुम हमारी रहोगे जगमगाते
दिल की दुआ में ज़िंदगी भर
तुम हमारी रहोगे मुस्कराते
इसी आस में इसी प्यास में हम पलते रहेंगे
बन के कली बन के सबा बाग़े-वफ़ा में
रहें ना रहें हम

□

गीत—मजरूह सुल्तानपुरी
संगीत—रोशन
फिल्म—ममता (1966)
निर्माता—चारु चित्रा
निर्देशक—असित सेन

कल हो न हो

हर घड़ी बदल रही है रूप ज़िंदगी
छाँव है कभी, कभी है धूप ज़िंदगी
हर पल यहाँ जी भर जियो
जो है समाँ कल हो न हो

चाहे जो तुम्हें पूरे दिल से
मिलता है वो मुश्किल से
ऐसा जो कोई कहीं है
बस वो ही सबसे हसीं है
उस हाथ को तुम थाम लो
वो मेहरबाँ कल हो न हो
हर पल यहाँ जी भर जियो
जो है समाँ कल हो न हो

रात अँधेरी होगी
सुबह में देरी होगी
राह लगेगी मुश्किल
फिर भी मिलेगी मंज़िल
दिल में दुआ लेकर चलो
ये हौसला कल हो न हो
हर पल यहाँ जी भर जियो
जो है समा कल हो न हो

दिल में अगर कुछ ग़म हो
आँख अगर कुछ नम हो
याद किसी की आए
दर्द कोई तड़पाए
उस ज़ख़्म को भी प्यार दो
जिसके निशाँ कल हो न हो
हर पल यहाँ जी भर जियो
जो है समाँ कल हो न हो

□

गीत—जावेद अख़्तर
संगीत—शंकर-एहसान-लॉय
फिल्म—कल हो न हो (2003)
निर्माता—यश जौहर
निर्देशक—निखिल आडवाणी

ये हौसला

ये हौसला कैसे झुके, ये आरज़ू कैसे रुके
मंज़िल मुश्किल तो क्या
धुँधला साहिल तो क्या
तन्हा ये दिल तो क्या
तुम धु न दे रे न न दे रे न न

राह पे काँटे बिखरे अगर
उसपे तो फिर भी चलना ही है
शाम छुपा ले सूरज मगर
रात को एक दिन ढलना ही है
रुत ये टल जाएगी
हिम्मत रंग लाएगी
सुबह फिर आएगी
तुम धु न दे रे न न दे रे न न
ये हौसला कैसे झुके

ख़ुद के लिए तो चलते हैं सब
चल तू ज़माने के वास्ते
जब साथ न देगा कारवाँ
तब साथ देंगे ये रास्ते
चलना है ज़िंदगी
रुकना तू न कभी
मंज़िल आ जाएगी
तुम धु न दे रे न न दे रे न न
ये हौसला कैसे झुके

इक ख़्वाब तेरा टूटे अगर
आँखों में आँसू लाना नहीं
तेरा नसीबा रूठे तो क्या
ख़ुद से ख़फ़ा हो जाना नहीं
एक दिन ये ज़िंदगी
भर देगी हर ख़ुशी
तेरी झोली में भी
तुम धु न दे रे न न दे रे न न
ये हौसला कैसे झुके

ख़ुशियों की रुत है छोटी मगर
ग़म भी हमेशा रहता नहीं
वक़्त भले हो कितना बुरा
वक़्त कभी भी रुकता नहीं
थोड़ा कर ले सबर
जाएगा ये गुज़र
हँस दे इस बात पर
तुम धु न दे रे न न दे रे न न
ये हौसला कैसे झुके

□

गीत—मीर अली हुसैन
संगीत—सलीम-सुलेमान
फिल्म—डोर (2006)
निर्माता—इलाही हिपतूला
निर्देशक—नागेश कुकुनूर

•••

न साक़ी है, न मधुशाला, न रिंदों की भरी महफ़िल
मिला हमसे तुम्हारा दिल, मिला तुमसे हमारा दिल
नशा है **उन्स** का ऐसा कि दुनिया हो गई सुंदर
दिखे अब ख़ूबसूरत ख़्वाब भी मुझको बहुत ज़्यादा

•••

पहला नशा

चाहे तुम कुछ ना कहो मैंने सुन लिया
के साथी प्यार का मुझे चुन लिया
चुन लिया मैंने सुन लिया

पहला नशा, पहला ख़ुमार
नया प्यार है, नया इंतज़ार
कर लूँ मैं क्या अपना हाल
ऐ दिल-ए-बेक़रार
मेरे दिल-ए-बेक़रार तू ही बता
पहला नशा

उड़ता ही फिरूँ इन हवाओं में कहीं
या मैं झूल जाऊँ इन घटाओं में कहीं
एक कर दूँ आसमाँ और ज़मीं
कहो यारो क्या करूँ क्या नहीं
पहला नशा

दिल के पास ही रहता है आजकल
ख़्वाबों में वही जागे है रात भर
आँखों में बस गया है वो ही
देखूँ मैं बस उसे हर कहीं
पहला नशा, पहला ख़ुमार

दुनिया हो गई कुछ ज़्यादा ही हसीं
बहका आसमाँ और महकी है ज़मीं
ख़ुशबू से भर गए मेरे दिन
और रातें हो गईं चाँदनी
पहला नशा, पहला ख़ुमार

ख़ुश है ज़िंदगी अपने इस हाल से
बादल पर चले बल खाती चाल से
अच्छी लगने लगीं बारिशें
जुगनू-सी लग रही धड़कनें
पहला नशा, पहला ख़ुमार

दिल से हो रही हैं बातें बस तेरी
कितनी बेवजह है बाक़ी ज़िंदगी
क्या तुमसे हो गया राबता
क्यूँ मंज़िल है तेरा रास्ता
पहला नशा, पहला ख़ुमार

□

गीत—मजरूह सुल्तानपुरी
संगीत—जतिन-ललित
फिल्म—जो जीता वो ही सिकंदर (1992)
निर्माता—नासिर हुसैन
निर्देशक—मंसूर ख़ान

आज कल पाँव ज़मीं पर

आज कल पाँव ज़मीं पर नहीं पड़ते मेरे
बोलो देखा है कभी तुमने मुझे उड़ते हुए?
आज कल पाँव

जब भी थामा है तेरा हाथ तो देखा है
जब भी थामा है तेरा हाथ तो देखा है
लोग कहते हैं के बस हाथ की रेखा है
हमने देखा है दो तक़दीरों को जुड़ते हुए
आज कल पाँव

भूल जाती हूँ मैं ख़ुद से भी जुदा रहती हूँ
भूल जाती हूँ मैं ख़ुद से भी जुदा रहती हूँ
सोचती और हूँ कुछ और ही कहती हूँ
माफ़ करना जो सुनो कुछ भी तुम्हें कहते हुए
आज कल पाँव

मुस्कराती हूँ मैं हर बात पे हँस देती हूँ
मुस्कराती हूँ मैं हर बात पे हँस देती हूँ
गुनगुनाती हूँ अकेली मैं अगर होती हूँ
पहले देखा है कभी यूँ ही मुझे हँसते हुए?
आज कल पाँव

ज़िंदगी चाँद-सितारों पे कहीं रहती है
ज़िंदगी चाँद-सितारों पे कहीं रहती है
हर घड़ी आँखों में महकी-सी ख़ुशी रहती है
साथ देना जो घटाओं पे मिलो चलते हुए
आज कल पाँव

□

गीत—गुलज़ार
संगीत—आर.डी. बर्मन
फिल्म—घर (1978)
निर्माता—एन.एन. सिप्पी
निर्देशक—मानिक चटर्जी

अजनबी कौन हो तुम

अजनबी कौन हो तुम, जब से तुम्हें देखा है
सारी दुनिया मेरी आँखों में सिमट आई है
अजनबी कौन हो तुम

तुम तो हर गीत में शामिल थे तरन्नुम बन के
तुम मिले हो मुझे फूलों का तबस्सुम बन के
ऐसा लगता है के बरसों से शनासाई है
अजनबी कौन हो तुम, जब से तुम्हें देखा है
सारी दुनिया मेरी आँखों में सिमट आई है
अजनबी कौन हो तुम

तेरा एहसास मुझे छूकर गुज़र जाता है
रंग चेहरे का उसी पल में निखर जाता है
जैसे बाग़ों में कली प्यार से मुसकाई है
अजनबी कौन हो तुम, जब से तुम्हें देखा है
सारी दुनिया मेरी आँखों में सिमट आई है
अजनबी कौन हो तुम

ज़िंदगी रोज़ बुलाती है तेरे आँगन में
फूल-ही-फूल सजाती है मेरे दामन में
रोज़ ख़्वाबों में बहारों की सदा आई है
अजनबी कौन हो तुम, जब से तुम्हें देखा है
सारी दुनिया मेरी आँखों में सिमट आई है
अजनबी कौन हो तुम

तुम मिले हो तो दुआओं पे यक़ीं होता है
लोग कहते हैं मुहब्बत में यूँ ही होता है
मुझको लगता है कि ये प्यार की गहराई है
अजनबी कौन हो तुम, जब से तुम्हें देखा है
सारी दुनिया मेरी आँखों में सिमट आई है
अजनबी कौन हो तुम

□

गीत—निदा फ़ाज़ली
संगीत—उषा खन्ना
फिल्म—स्वीकार किया मैंने (1983)
निर्माता—एस.एम. कोठारी
निर्देशक—ज़हीर डी. लाहिरी

आज मौसम बड़ा बेईमान है

आज मौसम बड़ा बेईमान है
बड़ा बेईमान है आज मौसम
आज मौसम बड़ा बेईमान है
बड़ा बेईमान है आज मौसम
आनेवाला कोई तूफ़ान है
कोई तूफ़ान है आज मौसम
हो आज मौसम

क्या हुआ है हुआ कुछ नहीं है
बात क्या है पता कुछ नहीं है
मुझसे कोई ख़ता हो गई तो
इसमें मेरी ख़ता कुछ नहीं है
ख़ूबसूरत है तू रुत जवान है
आज मौसम

मेरी आँखें नशा बन गई हैं
अब हवा में ज़मीं उड़ रही है
मुझको जाना कहाँ था न जाने
मेरी राहें कहाँ मुड़ रही हैं
मेरी मंज़िल तेरा आसमान है
आज मौसम

एक चेहरा मेरा बन गया है
हैराँ-हैराँ मेरा आईना है
मेरी रंगत नई हो गई है
मुस्कराहट में कुछ तो नया है
बदली-बदली सी कुछ दास्तान है
आज मौसम

कोई इतना क़रीब आ गया है
वक़्त कैसा अजीब आ गया है
अजनबी कोई यूँ ही अचानक
बनके मेरा नसीब आ गया है
ज़िंदगी इस क़दर मेहरबान है
आज मौसम

□

गीत—आनंद बख़्शी
संगीत—लक्ष्मीकांत-प्यारेलाल
फ़िल्म—लोफ़र (1973)
निर्माता—आर.सी. कुमार
निर्देशक—ए. भीमसिंह

तुमसे मिलना, बातें करना

तुमसे मिलना, बातें करना
बड़ा अच्छा लगता है
तुमसे मिलना, बातें करना
बड़ा अच्छा लगता है
क्या है ये, क्यूँ है ये
क्या ख़बर, हाँ मगर, जो भी है
बड़ा अच्छा लगता है

तेरी छोटी-छोटी बात
तेरी हर एक मुलाक़ात
तड़पाए मुझको
लम्हा-लम्हा तेरा साथ
लम्हा-लम्हा तेरा साथ
क्या है ये, क्यूँ है ये
क्या ख़बर, हाँ मगर, जो भी है
बड़ा अच्छा लगता है
तुमसे मिलना, बातें करना
बड़ा अच्छा लगता है

गीत—समीर
संगीत—हिमेश रेशमिया
फिल्म—तेरे नाम (2003)
निर्माता—सुनील मनचंदा, मुकेश तलरेजा
निर्देशक—सतीश कौशिक

तेरी ख़ुशबू है ये रात
तेरा जादू मेरे साथ
मुझसे बातें करता है
तेरे जैसा है ये चाँद
तेरे जैसा है ये चाँद
क्या है ये, क्यूँ है ये
क्या ख़बर, हाँ मगर, जो भी है
बड़ा अच्छा लगता है
तुमसे मिलना, बातें करना
बड़ा अच्छा लगता है

तुमसे मिलके दिन चले
तुमपे हो जाती है शाम
तुझमें गुज़रे हैं जो पल
वो ही ख़ुशियाँ हैं तमाम
वो ही ख़ुशियाँ हैं तमाम
क्या है ये, क्यूँ है ये
क्या ख़बर, हाँ मगर, जो भी है
बड़ा अच्छा लगता है
तुमसे मिलना, बातें करना
बड़ा अच्छा लगता है

जब भी आऊँ तेरे पास
ऐसा होता है एहसास
जैसे दिल में है तेरे
मेरी दुनिया कोई ख़ास
मेरी दुनिया कोई ख़ास
क्या है ये, क्यूँ है ये
क्या ख़बर, हाँ मगर, जो भी है
बड़ा अच्छा लगता है

तुमसे मिलना बातें करना
बड़ा अच्छा लगता है

तुमसे करके तेरी बात
ऐसा लगता है हर बार
तेरी बातें हैं मेरी
उनमें हूँ मैं तेरे साथ
उनमें हूँ मैं तेरे साथ
क्या है ये, क्यूँ है ये
क्या ख़बर, हाँ मगर, जो भी है
बड़ा अच्छा लगता है
तुमसे मिलना, बातें करना
बड़ा अच्छा लगता है

□

तू आता है सीने में

तू आता है सीने में जब-जब साँसें भरती हूँ
तेरे दिल की गलियों से मैं हर रोज गुजरती हूँ
हवा के जैसे चलता है तू, मैं रेत जैसे उड़ती हूँ
कौन तुझे यूँ प्यार करेगा, जैसे मैं करती हूँ

मेरी नजर का सफ़र तुझपे ही आके रुके
कहने को बाक़ी है क्या, कहना था जो कह चुके
मेरी निगाहें हैं तेरी निगाहों की
तुझे ख़बर क्या बेख़बर
मैं तुझसे ही छुप-छुपकर तेरी आँखें पढ़ती हूँ
कौन तुझे यूँ प्यार करेगा, जैसे मैं करती हूँ

कैसी है ये जुस्तजू, देखूँ जिधर तू ही तू
न ही तू है साथ में, न मैं अकेली रहूँ
तू ही निगाहों में, तू ही है राहों में
तुझे ख़बर क्या हमसफ़र
तेरी गलियों से चलकर मैं मंज़िल तक आ पहुँची हूँ
कौन तुझे यूँ प्यार करेगा, जैसे मैं करती हूँ

तेरी मुहब्बत में ही जीने की इक आस है
साँसों में साँसें नहीं, तेरा ही एहसास है
तेरे बिना कुछ भी, तेरे सिवा कुछ भी
नहीं जहाँ में सर-बसर
तेरी ख़ुशबू में हर पल महकी-महकी रहती हूँ
कौन तुझे यूँ प्यार करेगा, जैसे मैं करती हूँ

□

गीत—मनोज मुंतशिर
संगीत—अमाल मलिक
फिल्म—एम.एस. धोनी (2016)
निर्माता—अरुण पांडे, फॉक्स स्टार स्टुडियोज़
निर्देशक—नीरज पांडे

तेरी आँखों के सिवा

तेरी आँखों के सिवा दुनिया में रखा क्या है
ये उठें सुबह चले, ये झुकें शाम ढले
मेरा जीना मेरा मरना इन्हीं पलकों के तले

ये हों कहीं इनका साया मेरे दिल से जाता नहीं
इनके सिवा अब तो कुछ भी नज़र मुझको आता नहीं
ये हों कहीं इनका साया मेरे दिल से जाता नहीं
ये उठें सुबह चले, ये झुकें शाम ढले
मेरा जीना मेरा मरना इन्हीं पलकों के तले

नज़रें मिलीं जबसे सारा ज़माना हमारा हुआ
सहराओं में भी बहारों का दिलकश नज़ारा हुआ
नज़रें मिलीं जबसे सारा ज़माना हमारा हुआ
ये उठें सुबह चले, ये झुकें शाम ढले
मेरा जीना मेरा मरना इन्हीं पलकों के तले

इनकी ख़ुशी में है मेरी ख़ुशी, इनके ग़म में है ग़म
इनमें बहारों के सपने सजाएँगे मिलके सनम
इनकी ख़ुशी में है मेरी ख़ुशी, इनके ग़म में है ग़म
ये उठें सुबह चले, ये झुकें शाम ढले
मेरा जीना मेरा मरना इन्हीं पलकों के तले

इन पलकों के साये में है बना आशियाना मेरा
जीवन सफ़र में फ़क़त एक यही है ठिकाना मेरा
इन पलकों के साए में है बना आशियाना मेरा
ये उठें सुबह चले, ये झुकें शाम ढले
मेरा जीना मेरा मरना इन्हीं पलकों के तले

रब की इनायत हैं, रब की इबादत हैं आँखें तेरी
सारे ज़माने से दिल की बग़ावत हैं आँखें तेरी
रब की इनायत हैं, रब की इबादत हैं आँखें तेरी
ये उठें सुबह चले, ये झुकें शाम ढले
मेरा जीना मेरा मरना इन्हीं पलकों के तले

□

गीत—मजरूह सुल्तानपुरी
संगीत—मदन मोहन
फिल्म—चिराग़ (1969)
निर्माता—प्रेमजी
निर्देशक—राज खोसला

ये समाँ, समाँ है ये

ये समाँ, समाँ है ये प्यार का
किसी के इंतज़ार का
दिल ना चुरा ले कहीं मेरा
मौसम बहार का

बसने लगे आँखों में कुछ ऐसे सपने
कोई बुलाए जैसे नैनों से अपने
नैनों से अपने
ये समाँ, समाँ है दीदार का
किसी के इंतज़ार का
दिल ना चुरा ले कहीं मेरा
मौसम बहार का

ख़ुशबू मेरी साँसों में महकी है ऐसे
बहकी फ़िज़ा में कोई जादू हो जैसे
जादू हो जैसे
ये समाँ, समाँ है शृंगार का
किसी के इंतज़ार का
दिल ना चुरा ले कहीं मेरा
मौसम बहार का

बिखरे हुए हैं तारे दिल की ज़मीं पे
निखरी हुई हैं कलियाँ मेरी हँसी पे
मेरी हँसी पे
ये समाँ, समाँ है गुलज़ार का
किसी के इंतज़ार का
दिल ना चुरा ले कहीं मेरा
मौसम बहार का

चलने लगी है दुनिया क़दमों के नीचे
देखूँ नज़ारे ऐसे नैनों को मीचे
नैनों को मीचे
ये समाँ, समाँ है ऐतबार का
किसी के इंतज़ार का
दिल ना चुरा ले कहीं मेरा
मौसम बहार का

□

गीत—आनंद बख़्शी
संगीत—कल्याणजी-आनंदजी
फ़िल्म—जब-जब फूल खिले (1975)
निर्माता—चेतन के
निर्देशक—सूरज प्रकाश

रोज़-रोज़ आँखों तले

रोज़-रोज़ आँखों तले एक ही सपना चले
रात भर काजल जले
आँख में जिस तरह ख़्वाब का दीया जले
रोज़-रोज़ आँखों तले

जबसे तुम्हारे नाम की मिसरी होंठ लगाई है
मीठा-सा ग़म है और मीठी-सी तन्हाई है
जबसे तुम्हारे नाम की मिसरी होंठ लगाई है
मीठा-सा ग़म है और मीठी-सी तन्हाई है
रोज़-रोज़ आँखों तले

जबसे तुम्हारे ख़्वाब में आकर राह गँवाई है
भटका-सा मन है और बहकी-सी परछाईं है
जबसे तुम्हारे ख़्वाब में आकर राह गँवाई है
भटका-सा मन है और बहकी-सी परछाईं है
रोज़-रोज़ आँखों तले

एक अनोखी बात हुई है, जबसे मिले हो तुम
हर गुलशन की हर ख़ुशबू में सिर्फ़ खिले हो तुम
एक अनोखी बात हुई है, जबसे मिले हो तुम
हर गुलशन की हर ख़ुशबू में सिर्फ़ खिले हो तुम
रोज़-रोज़ आँखों तले

एक तमन्ना, एक गुज़ारिश, एक सिफ़ारिश है
एक दफ़ा पूरी कर दो, जो भी फ़रमाइश है
एक तमन्ना एक गुज़ारिश एक सिफ़ारिश है
एक दफ़ा पूरी कर दो, जो भी फ़रमाइश है
रोज़-रोज़ आँखों तले

दूर हुए तो जीना मुश्किल कर देता है दिल
बातों-बातों में आँखों को भर देता है दिल
दूर हुए तो जीना मुश्किल कर देता है दिल
बातों-बातों में आँखों को भर देता है दिल
रोज़-रोज़ आँखों तले

□

गीत—गुलज़ार
संगीत—आर.डी. बर्मन
फिल्म—जीवा (1986)
निर्माता—रोमू एन. सिप्पी
निर्देशक—राज एन. सिप्पी

•••

नहीं इक बूँद पी जिसने, वो क्या जाने हला क्या है
जो पीता है निगाहों से, वही जाने बला क्या है
हुआ **मदहोश** पहली बार मैं साक़ी के पहलू में
रही न होश की दरकार, फिर मुझको बहुत ज़्यादा

•••

जादू है, नशा है

जादू है, नशा है, मदहोशियाँ
तुझको भुलाके अब जाऊँ कहाँ
देखती है जिस तरह से तेरी नज़रें मुझे
मैं ख़ुद को छुपाऊँ कहाँ
जादू है, नशा है

ये पल है अपना
तो इस पल को जी लें
शोलों की तरह ज़रा जल के जी लें
पल झपकते खो न जाना
छूके कर लूँ यक़ीं
न जाने पल ये पाएँ कहाँ
जादू है, नशा है, मदहोशियाँ
तुझको भुलाके अब जाऊँ कहाँ

तेरी निगाहों में डूबे हैं ऐसे
प्यासे दिलों में हो तूफ़ान जैसे
दिल की कश्ती बेसफ़र है
बेख़बर है घटा
बदन से उठ रहा है धुआँ
जादू है, नशा है, मदहोशियाँ
तुझको भुलाके अब जाऊँ कहाँ

कैसी लहर है, ये कैसा असर है
धड़कन कहर हैं, ये साँसें ज़हर हैं
अब सुलगते इन लबों से
मुझको कर दे फ़ना
रहे न कुछ भी दरमियाँ
जादू है, नशा है, मदहोशियाँ
तुझको भुलाके अब जाऊँ कहाँ

देखती है जिस तरह से तेरी नज़रें मुझे
मैं ख़ुद को छुपाऊँ कहाँ
जादू है, नशा है, मदहोशियाँ
तुझको भुलाके अब जाऊँ कहाँ

□

गीत—नीलेश मिश्रा
संगीत—एम.एम. करीम
फिल्म—जिस्म (2003)
निर्माता—पूजा भट्ट, सुजीत कुमार सिंह
निर्देशक—अमित सक्सेना

आओ हुज़ूर तुमको

आओ हुज़ूर तुमको सितारों में ले चलूँ
दिल झूम जाए ऐसी बहारों में ले चलूँ
आओ हुज़ूर आओ

हमराज़ हमख़याल तो हो हमनज़र बनो
तय होगा ज़िंदगी का सफ़र हमसफ़र बनो
चाहत के उजले-उजले नज़ारों में ले चलूँ
दिल झूम जाए ऐसी बहारों में ले चलूँ
आओ हुज़ूर आओ

पढ़ लो ज़ुबाँ निगाहों की तो बात और हो
सुन लो जो धड़कनें तो ये जज़्बात और हों
जन्नत की ओर तुमको इशारों में ले चलूँ
दिल झूम जाए ऐसी बहारों में ले चलूँ
आओ हुज़ूर आओ

पी लो लबों से आज है साक़ी, शराब भी
लगती है कुछ तुम्हारी तबीयत ख़राब भी
आओ अब उम्रभर के ख़ुमारों में ले चलूँ
दिल झूम जाए ऐसी बहारों में ले चलूँ
आओ हुज़ूर आओ

कर लो गुनाह-ए-इश्क़ नशा और छाएगा
सब खो के ज़िंदगी का मज़ा और आएगा
दिल जलके बुझे ऐसी फुहारों में ले चलूँ
दिल झूम जाए ऐसी बहारों में ले चलूँ
आओ हुज़ूर आओ

□

गीत—नूर देवासी
संगीत—ओ.पी. नैयर
फिल्म—क़िस्मत (1968)
निर्माता—कमल मेहरा
निर्देशक—मनमोहन देसाई

इन आँखों की मस्ती के

इन आँखों की मस्ती के मस्ताने हज़ारों हैं
इन आँखों से वाबस्ता अफ़साने हज़ारों हैं
इन आँखों की मस्ती के

इक तुम ही नहीं तन्हा
इक तुम ही नहीं तन्हा, उल्फ़त में मेरी रुसवा
उल्फ़त में मेरी रुसवा
इस शहर में तुम जैसे
इस शहर में तुम जैसे दीवाने हज़ारों हैं
दीवाने हज़ारों हैं
इन आँखों की मस्ती के

इक हमको नहीं मिलता
इक हमको नहीं मिलता, ग़ैरों में कोई अपना
ग़ैरों में कोई अपना
महफ़िल में तो तुम जैसे
महफ़िल में तो तुम जैसे बेगाने हज़ारों हैं
बेगाने हज़ारों हैं
इन आँखों की मस्ती के

इक लम्स नहीं ऐसा
इक लम्स नहीं ऐसा, कर दे जो हमें घायल
कर दे जो हमें घायल
बाज़ू तो मसलने को
बाज़ू तो मसलने को मर्दाने हज़ारों हैं
मर्दाने हज़ारों हैं
इन आँखों की मस्ती के

महफ़िल में मुहब्बत की
महफ़िल में मुहब्बत की, जीने के लिए आना
जीने के लिए आना
जाँ देने को दुनिया में
जाँ देने को दुनिया में वीराने हज़ारों हैं
वीराने हज़ारों हैं
इन आँखों की मस्ती के

□

गीत—शहरयार
संगीत—खय्याम
फिल्म—उमराव जान (1981)
निर्माता-निर्देशक—मुज़फ़्फ़र अली

छलकाए जाम

छलकाए जाम आइए
आपकी आँखों के नाम, होंठों के नाम

फूल जैसे तन पे जलवे
ये रंग-ओ-बू के ये रंग-ओ-बू के
आज जाम-ए-मय उठे
इन होंठों को छूके होंठों को छूके
लचकाइए शाख़-ए-बदन
महकाइए ज़ुल्फों की शाम
छलकाए जाम आइए
आपकी आँखों के नाम, होंठों के नाम

एक जाम आज ऐसा
ग़म का पिला दो, ग़म का पिला दो
फिर कभी न होश आए
ऐसा नशा हो, ऐसा नशा हो
कोई ख़ुशी फिर ग़म न दे
कर दीजिए ये इंतज़ाम
छलकाए जाम आइए
आपकी आँखों के नाम, होंठों के नाम

आपके बग़ैर कोई
जी न सकेगा, जी न सकेगा
उम्रभर तड़प के यूँ ही
पीता रहेगा, पीता रहेगा
साक़ी नहीं प्याला सही
और साथ हैं दीवारो-बाम
छलकाए जाम आइए
आपकी आँखों के नाम, होंठों के नाम

टूटकर कोई कभी भी
मरता नहीं है, मरता नहीं है
हाँ, मगर यक़ीं दुबारा
करता नहीं है, करता नहीं है
टकराइए प्याला सनम
है आख़िरी मेरा सलाम
छलकाए जाम आइए
आपकी आँखों के नाम, होंठों के नाम

□

गीत—मजरूह सुल्तानपुरी
संगीत—लक्ष्मीकांत-प्यारेलाल
फिल्म—मेरे हमदम मेरे दोस्त (1968)
निर्माता—केवल कुमार
निर्देशक—अमर कुमार

ये नयन डरे-डरे

ये नयन डरे-डरे, ये जाम भरे-भरे
ज़रा पीने दो
कल की किसको ख़बर, इक रात होके निडर
मुझे जीने दो
ये नयन डरे-डरे

रात हसीं ये चाँद हसीं
तू सबसे हसीं मेरे दिलबर
और तुझसे हसीं
और तुझसे हसीं तेरा प्यार
तू जाने न
ये नयन डरे-डरे

दिल में दबी है बात कोई
उस बात में हैं कई रातें
कई ख़्वाब भी हैं
कई ख़्वाब भी हैं बेज़ार
तू है कहाँ
ये नयन डरे-डरे

ढूँढ़ रहा हूँ मुझमें कहीं
मिलती ही नहीं मेरी राहें
तू ढूँढ़ मुझे
तू ढूँढ़ मुझे इक बार
तू है जहाँ
ये नयन डरे-डरे

आज इसी पल में है ख़ुशी
कल कौन कहाँ, क्या जाने
कब दिल को मिले
कब दिल को मिले ये क़रार
जो है यहाँ
ये नयन डरे-डरे

माना सफ़र मुश्किल है मगर
हर एक मुकाम है मंज़िल
तू थाम अगर
तू थाम अगर मेरा हाथ
क्यूँ थामें न
ये नयन डरे-डरे

□

गीत—कैफ़ी आज़मी
संगीत—हेमंत कुमार
फिल्म—कोहरा (1964)
निर्माता—हेमंत कुमार
निर्देशक—बिरेन नाग

•••

ये कैसी बेक़रारी है, ख़तम होती नहीं आख़िर
किसी की **इंतज़ारी** में गुज़ारी ज़िंदगी आख़िर
हुए हैं वस्ल के लम्हे यहाँ तक मुख़्तसर, उनमें
हुआ है हिज्र का एहसास ही मुझको बहुत ज़्यादा

•••

तुम पुकार लो

तुम पुकार लो तुम्हारा इंतज़ार है
ख़्वाब चुन रही है रात, बेक़रार है
तुम्हारा इंतज़ार है
तुम पुकार लो

होंठ पे लिये हुए दिल की बात हम
जागते रहेंगे और कितनी रात हम
मुख़्तसर-सी बात है, तुमसे प्यार है
तुम्हारा इंतज़ार है
तुम पुकार लो

ख़ुश नहीं हुए कभी ज़िंदगी से हम
ढूँढ़ते रहे तुम्हें ही हर किसी में हम
अब तलक तलाश वो बरक़रार है
तुम्हारा इंतज़ार है
तुम पुकार लो

दूर तुम निगाह से इस क़दर हुए
दीद के वो चार पल भी मुख़्तसर हुए
बस तुम्हारे ख़्वाब पर इख़्तियार है
तुम्हारा इंतज़ार है
तुम पुकार लो

इक दफ़ा बता दो हम किस तरह जिएँ
घूँट इस ज़हर का आख़िर कब तलक पिएँ
दर्द बेहिसाब है, बेशुमार है
तुम्हारा इंतज़ार है
तुम पुकार लो

एक दिन तो आएगा जब तुम आओगे
ज़िंदगी समेटकर फिर घर सजाओगे
जाने क्यूँ मगर मुझे ऐतबार है
तुम्हारा इंतज़ार है
तुम पुकार लो

□

गीत—गुलज़ार
संगीत—हेमंत कुमार
फिल्म—ख़ामोशी (1970)
निर्माता—हेमंत कुमार
निर्देशक—असित सेन

कोई नहीं है

कोई नहीं है, फिर भी है मुझको
क्या जाने किसका इंतज़ार
ये भी ना जानूँ लहरा के आँचल
किसको बुलाए बार-बार

सोचूँ ये हैं उँगलियाँ किसके प्यार की
गालों को छुए जो डाली बहार की
छुए जो डाली बहार की
सोचूँ ये हैं उँगलियाँ किसके प्यार की
कौन है ऐ हवा, ऐ बहार
कोई नहीं है, फिर भी है मुझको
क्या जाने किसका इंतज़ार

देखूँ मैं जहाँ तुम्हारा ही रंग है
सोचूँ तो ख़यालों में इक उमंग है
ख़यालों में इक उमंग है
देखूँ मैं जहाँ तुम्हारा ही रंग है
है नज़र, इस क़दर ख़ुशगवार
कोई नहीं है, फिर भी है मुझको
क्या जाने किसका इंतज़ार

चलती हूँ हवा में जैसे उड़ी-उड़ी
ख़ुशबू में हुई मैं बेख़ुद घड़ी-घड़ी
हुई मैं बेख़ुद घड़ी-घड़ी
चलती हूँ हवा में जैसे उड़ी-उड़ी
क्यूँ नहीं ख़ुद पे भी इख़्तियार
कोई नहीं है, फिर भी है मुझको
क्या जाने किसका इंतज़ार

आने की ख़बर मिली है बहार से
यादें हैं घुली-घुली सी ख़ुमार में
घुली-घुली सी ख़ुमार में
आने की ख़बर मिली है बहार से
नींद है, न मुझे है क़रार
कोई नहीं है, फिर भी है मुझको
क्या जाने किसका इंतज़ार

□

गीत—मजरूह सुल्तानपुरी
संगीत—लक्ष्मीकांत-प्यारेलाल
फिल्म—पत्थर के सनम (1967)
निर्माता—ए.ए. नडियाडवाला
निर्देशक—राजा नवाथे

धीरे-धीरे मचल

धीरे-धीरे मचल, ऐ दिल-ए-बेक़रार
कोई आता है
यूँ तड़प के ना तड़पा मुझे बार-बार
कोई आता है
धीरे-धीरे मचल

उसके दामन की ख़ुशबू हवाओं में है
उसके क़दमों की आहट फ़ज़ाओं में है
मुझको करने दे, करने दे सोलह सिंगार
कोई आता है
धीरे-धीरे मचल

उनकी दुनिया मेरी ज़िंदगी बन गई
उनकी ख़ुशियाँ मेरी भी ख़ुशी बन गईं
उनके ग़म से मिला है मुझे ग़म हज़ार
कोई आता है
धीरे-धीरे मचल

वो मेरे रू-ब-रू हैं या कुछ और है
या ख़यालों का रुख़ भी मेरी ओर है
इसको छूकर यक़ीं मैं करूँ एक बार
कोई आता है
धीरे-धीरे मचल

उनकी ख़बरों से महकी हवा चल रही
दिल की आवाज़ साँसों से ये कह रही
पूरा होने को होने को है इंतज़ार
कोई आता है
धीरे-धीरे मचल

दूर होकर निगाहों ने खोया जिसे
रोज़ ख़्वाबों-ख़यालों में पाया उसे
दिल की उम्मीद ही बन गई ऐतबार
कोई आता है
धीरे-धीरे मचल

□

गीत—कैफ़ी आज़मी
संगीत—हेमंत कुमार
फिल्म—अनुपमा (1966)
निर्माता—एल.बी. लक्ष्मण
निर्देशक—ऋषिकेश मुखर्जी

रैना बीती जाए

रैना बीती जाए, श्याम ना आए
रैना बीती जाए, श्याम ना आए
निंदिया ना आए, निंदिया ना आए
रैना बीती जाए

शाम को भूला, श्याम का वादा
शाम को भूला, श्याम का वादा
संग दीये के, जागे राधा
निंदिया ना आए, निंदिया ना आए
रैना बीती जाए

आग लगाए ज़ुल्मी बदरिया
आग लगाए ज़ुल्मी बदरिया
पुरवा उड़ाए तन से चुनरिया
निंदिया ना आए, निंदिया ना आए
रैना बीती जाए

रोग जिया का चैन चुराए
रोग जिया का चैन चुराए
दर्द पिया का नैन बहाए
निंदिया ना आए, निंदिया ना आए
रैना बीती जाए

पी के बिना जी कैसे लगाऊँ
पी के बिना जी कैसे लगाऊँ
लंबी उमरिया कैसे बिताऊँ
निंदिया ना आए, निंदिया ना आए
रैना बीती जाए

रैना बीती जाए, श्याम ना आए
निंदिया ना आए, निंदिया ना आए
रैना बीती जाए

□

गीत—आनंद बख़्शी
संगीत—आर.डी. बर्मन
फिल्म—अमर प्रेम (1972)
निर्माता—शक्ति सामंत
निर्देशक—शक्ति सामंत

किसी नज़र को तेरा

किसी नज़र को तेरा इंतज़ार आज भी है
कहाँ हो तुम के ये दिल बेक़रार आज भी है
किसी नज़र को तेरा

वो वादियाँ वो फ़ज़ाएँ के हम मिले थे जहाँ
मेरी वफ़ा का वहीं पर मज़ार आज भी है
किसी नज़र को तेरा

भुला दिया है तुझे, याद में तेरी लेकिन
नमी निगाह तले बरक़रार आज भी है
किसी नज़र को तेरा

हज़ार बार ये दिल टूटकर हुआ घायल
मुझे वफ़ा पे मगर ऐतबार आज भी है
किसी नज़र को तेरा

ये बात और है, बरसी नहीं घटा फिर से
तेरी बहार मगर ख़ुशगवार आज भी है
किसी नज़र को तेरा

बड़े दिनों से शिक़ायत हुई नहीं जिनसे
उन्हीं से प्यार मुझे बेशुमार आज भी है
किसी नज़र को तेरा

हुए हैं दूर वो इतने, नज़र नहीं आते
मगर निगाह में सपने हज़ार आज भी हैं
किसी नज़र को तेरा

नहीं उम्मीद कि वो फिर से लौटकर आए
हाँ ख़ैरियत का मुझे इंतज़ार आज भी है
किसी नज़र को तेरा

□

गीत—हसन कमाल
संगीत—बप्पी लाहिरी
फिल्म—ऐतबार (1985)
निर्माता—रोमेश शर्मा
निर्देशक—मुकुल एस. आनंद

इंतेहा हो गई

इंतेहा हो गई इंतज़ार की
आई ना कुछ ख़बर, मेरे यार की
ये हमें है यक़ीं, बेवफ़ा वो नहीं
फिर वजह क्या हुई, इंतज़ार की

बात जो है उसमें
बात वो यहाँ कहीं नहीं किसी में, हाय
वो है मेरी, बस है मेरी
शोर है यही गली-गली में
साथ-साथ वो है मेरे ग़म में
मेरे दिल की हर ख़ुशी में, हाय
ज़िंदगी में वो नहीं
तो कुछ नहीं है मेरी ज़िंदगी में
बुझ ना जाए ये शमा, ऐतबार की
इंतेहा हो गई इंतज़ार की

दर्द बढ़ता जा रहा है
धड़कनों के साथ हर घड़ी में, हाय
कोई तो बताए हाल
जाके उसको लाए साथ ही में
मेरे मर्ज़ की दवा है
मेरी राहतें हैं बस उसी में, हाय
उसके बिन असर नहीं है
फिर किसी दुआ में बंदगी में
हद यही नहीं है उसके इख़्तियार की
इंतेहा हो गई इंतज़ार की

आज भी न आई वो तो
डूब जाऊँगा मैं तीरगी में, हाय
जाने है वजह कोई या
देर कर रही है दिल्लगी में
कुछ भी सूझता नहीं है
हाल क्या हुआ है बेख़ुदी में, हाय
दिल तो जा चुका है
जान भी निकल न जाए आशिक़ी में
टूट जाए साँस न ये एक–बारगी
इंतेहा हो गई इंतज़ार की

□

गीत—अनजान
संगीत—बप्पी लाहिरी
फिल्म—शराबी (1984)
निर्माता—सत्येंद्र पाल
निर्देशक—प्रकाश मेहरा

कहीं करती होगी

कहीं करती होगी, वो मेरा इंतज़ार
जिसकी तमन्ना में, फिरता हूँ बेक़रार

दूर ज़ुल्फ़ों की छाँवों से
कहता हूँ ये हवाओं से
उसी बुत की अदाओं के
अफ़साने हज़ार
वो जो बाँहों में मचल जाती
हसरत ही निकल जाती
मेरी दुनिया बदल जाती
मिल जाता क़रार
कहीं करती होगी, वो मेरा इंतज़ार
जिसकी तमन्ना में, फिरता हूँ बेक़रार

कोई आए ठंडी आहों में
शरमाए मेरी बाँहों में
मुस्कराए जो निगाहों में
करके इख़्तियार
कोई ख़ुशबू-सी छा जाए
कोई बनके फ़िज़ा आए
प्यार कोई बरसा जाए
मुझपे बेशुमार
कहीं करती होगी, वो मेरा इंतज़ार
जिसकी तमन्ना में, फिरता हूँ बेक़रार

कभी यूँ भी हो कहानी में
कोई आए ज़िंदगानी में
जो सुनाए शादमानी में
दास्तान-ए-बहार
कोई बनके दुआ आए
मेरी दुनिया सजा जाए
कोई अपना बना जाए
मुझको एक बार
कहीं करती होगी, वो मेरा इंतज़ार
जिसकी तमन्ना में, फिरता हूँ बेक़रार

□

गीत—मजरूह सुल्तानपुरी
संगीत—आर.डी. बर्मन
फिल्म—फिर कब मिलोगी (1974)
निर्माता—हरि मेहरा
निर्देशक—ऋषिकेश मुखर्जी

•••

तुम्हें कैसे कहूँ? करता हूँ तुमसे **प्यार** कितना मैं
समुंदर हूँ अगर तुम हो, वगरना बूँद जितना मैं
नहीं मालूम मेरी अहमियत लहरों में क्या होगी
मगर तूफ़ान की है चाह भी मुझको बहुत ज़्यादा

•••

क्या यही प्यार है?

क्या यही प्यार है?
हाँ, यही प्यार है
दिल तेरे बिन कहीं लगता नहीं
वक़्त गुज़रता नहीं
क्या यही प्यार है?
हाँ, यही प्यार है

पहले मैं समझा, कुछ और वजह इन बातों की
लेकिन अब जाना, कहाँ नींद गई मेरी रातों की
जागती रहती हूँ मैं भी, चाँद निकलता नहीं
दिल तेरे बिन कहीं लगता नहीं
वक़्त गुज़रता नहीं
क्या यही प्यार है?

कैसे होता है पर जादू जैसा लगता है
किसकी ख़ुशबू में मन महका-महका रहता है
बहकी नज़र है शामो-सहर दिल भी सँभलता नहीं
दिल तेरे बिन कहीं लगता नहीं
वक़्त गुज़रता नहीं
क्या यही प्यार है?

दो दिल दीवाने जब राहों पर टकराते हैं
रिश्ते-नातों से भी बढ़कर क्यूँ हो जाते हैं?
एक-दूजे को देखे बिना चैन ही पड़ता नहीं
दिल तेरे बिन कहीं लगता नहीं
वक़्त गुज़रता नहीं
क्या यही प्यार है?

सबने ये समझा, मैं सिर्फ़ मुहब्बत करता हूँ
लेकिन सच ये है, हर वक़्त इबादत करता हूँ
अब तो दुआ में तेरे सिवा कोई भी रहता नहीं
दिल तेरे बिन कहीं लगता नहीं
वक़्त गुज़रता नहीं
क्या यही प्यार है?

□

गीत—आनंद बख्शी
संगीत—आर.डी. बर्मन
फिल्म—रॉकी (1981)
निर्माता—अमरजीत
निर्देशक—सुनील दत्त

एक दिन आप यूँ

एक दिन आप यूँ हमको मिल जाएँगे
फूल-ही-फूल राहों में खिल जाएँगे
मैंने सोचा न था
एक दिन ज़िंदगी इतनी होगी हसीं
झूमेगा आसमाँ गाएगी ये ज़मीं
मैंने सोचा न था

दिल की डाली में कलियाँ-सी खिलने लगीं
जब निगाहें निगाहों से मिलनें लगीं
एक दिन इस तरह होश खो जाएँगे
पास आएँगे मदहोश हो जाएँगे
मैंने सोचा न था

रोज़ ख़ुशबू से सुबह महकने लगी
रोज़ पहलू में रातें बहकने लगीं
एक दिन ख़्वाब आँखों के हो जाएँगे
यूँ मिलेंगे कि बाँहों में खो जाएँगे
मैंने सोचा न था

शाम ख़ुद आईने में सँवरने लगी
और निगाहों से दिल में उतरने लगी
एक दिन यूँ हसीं शाम हो जाएगी
इसकी रंगत मेरे नाम हो जाएगी
मैंने सोचा न था

दिल की मौजों को अपना किनारा मिला
डूबती कश्तियों को सहारा मिला
एक दिन आँसुओं को मिलेगी ख़ुशी
एक दिन इन लबों पर सजेगी हँसी
मैंने सोचा न था

□

गीत—जावेद अख़्तर
संगीत—जतिन-ललित
फिल्म—यस बॉस (1997)
निर्माता—रतन जैन, उमेद जैन, चंपक जैन
निर्देशक—अज़ीज़ मिर्ज़ा

आओगे जब तुम

आओगे जब तुम ओ साजना
अँगना फूल खिलेंगे
बरसेगा सावन झूम-झूम के
दो दिल ऐसे मिलेंगे

नैना तेरे कजरारे हैं
नैनों पे हम दिल हारे हैं
अनजाने ही तेरे नैनों ने
वादे किए कई सारे हैं
साँसों की लय, मद्धम चलें, तोसे कहें
बरसेगा सावन झूम-झूम के
दो दिल ऐसे मिलेंगे

लहरों में डूबे वादे हैं
आधे तेरे, मेरे आधे हैं
साहिल पे ओस की बूँदें हैं
सूरज के अपने इरादे हैं
आँखों की नमी
छलकेगी तभी
बरसेगा सावन झूम-झूम के
दो दिल ऐसे मिलेंगे

महफ़िल में भी तन्हाई है
दिल में तेरी शहनाई है
चलता हूँ तन्हा राहों पर
साथ तेरी परछाई है
मैं अकेला सही, पर अधूरा नहीं
बरसेगा सावन झूम-झूम के
दो दिल ऐसे मिलेंगे

अपने हुए जो पराए थे
रूठे-से मेरे साये थे
राहों ने फूल बिछाए हैं
ख़ुशबू तेरी ले आए हैं
ये ज़मीं आसमाँ, सब मिलेंगे वहाँ
बरसेगा सावन झूम-झूम के
दो दिल ऐसे मिलेंगे

यादों में तेरी रोए हैं
आँसू तुझी में खोए हैं
वक़्त कटा ना आँखों में
दर्द ने काँटे बोए हैं
दिल ने मेरे, तारे गिने, तेरे लिए
बरसेगा सावन झूम-झूम के
दो दिल ऐसे मिलेंगे

□

गीत—फ़ैज़ अनवर
संगीत—संदेश शांडिल्य
फिल्म—जब वी मेट (2007)
निर्माता—ढिलिन मेहता
निर्देशक—इम्तियाज़ अली

आपकी आँखों में कुछ

आपकी आँखों में कुछ महके हुए से राज़ हैं
आपकी आँखों में कुछ महके हुए से राज़ हैं
आपसे भी ख़ूबसूरत आपके अंदाज़ हैं
आपकी आँखों में कुछ महके हुए से राज़ हैं

लब हिलें तो मोगरे के फूल खिलते हैं कहीं
आपकी आँखों में क्या साहिल भी मिलते हैं कहीं
आपकी ख़ामोशियाँ भी आपकी आवाज़ हैं
आपकी आँखों में कुछ महके हुए से राज़ हैं
आपसे भी ख़ूबसूरत आपके अंदाज़ हैं
आपकी आँखों में कुछ महके हुए से राज़ हैं

आप ही से ज़िंदगी में रंग सारे भर गए
आप इन आँखों पे ये जादू कैसा कर गए
हर तरफ़ इक ख़ूबसूरत प्यार का एहसास है
आपकी आँखों में कुछ महके हुए से राज़ हैं
आपसे भी ख़ूबसूरत आपके अंदाज़ हैं
आपकी आँखों में कुछ महके हुए से राज़ हैं

आप ही की आरज़ू है, आपकी है जुस्तजू
जब कभी मुझसे मेरे दिल की हुई है गुफ़्तगू
आप ही अंजाम मेरे, आप ही आगाज़ हैं
आपकी आँखों में कुछ महके हुए से राज़ हैं
आपसे भी ख़ूबसूरत आपके अंदाज़ हैं
आपकी आँखों में कुछ महके हुए से राज़ हैं

आपके बिन जिस्म में अब जान ही रहती नहीं
वक़्त रुक जाता है मेरी नब्ज़ ही चलती नहीं
मेरे दिल की धड़कनें भी आपकी मोहताज हैं
आपकी आँखों में कुछ महके हुए से राज़ हैं
आपसे भी ख़ूबसूरत आपके अंदाज़ हैं
आपकी आँखों में कुछ महके हुए से राज़ हैं

□

गीत—गुलज़ार
संगीत—आर.डी. बर्मन
फिल्म—घर (1978)
निर्माता—एन.एन. सिप्पी
निर्देशक—मानिक चटर्जी

आपकी नज़रों ने समझा

आपकी नजरों ने समझा प्यार के काबिल मुझे
दिल की ऐ धड़कन ठहर जा मिल गई मंजिल मुझे
आपकी नजरों ने समझा

जी हमें मंजूर है आपका ये फ़ैसला
कह रही है हर नजर बंदापरवर शुक्रिया
हँस के अपनी ज़िंदगी में कर लिया शामिल मुझे
दिल की ऐ धड़कन ठहर जा मिल गई मंजिल मुझे
आपकी नजरों ने समझा

है नया सा ये सफ़र, हैं नए से रास्ते
फूल, कलियाँ, ख़ुशबुएँ सब हैं मेरे वास्ते
लेके आया किस चमन में आज तू ऐ दिल मुझे
दिल की ऐ धड़कन ठहर जा मिल गई मंज़िल मुझे
आपकी नज़रों ने समझा

आपके होने से है चाँद पर ये चाँदनी
आपके होने से ही है ख़ुदा पर भी यक़ीं
आपकी बाँहों में लगता है जहाँ कामिल मुझे
दिल की ऐ धड़कन ठहर जा मिल गई मंज़िल मुझे
आपकी नज़रों ने समझा

आप ही उम्मीद हैं, आप ही हैं आरज़ू
आप ही से है मेरे हौसलों की आबरू
फिर हुई जीने की हसरत आपकी ख़ातिर मुझे
दिल की ऐ धड़कन ठहर जा मिल गई मंज़िल मुझे
आपकी नज़रों ने समझा

उम्र भर मुझको रही आप ही की जुस्तजू
अब जो मेरी आरज़ू हो गई है रू-ब-रू
मिल गई ख़्वाबों में देखी ज़िंदगी आख़िर मुझे
दिल की ऐ धड़कन ठहर जा मिल गई मंज़िल मुझे
आपकी नज़रों ने समझा

□

गीत—राजा मेंहदी अली ख़ान
संगीत—मदन मोहन
फिल्म—अनपढ़ (1962)
निर्माता—मोहन कुमार
निर्देशक—मोहन कुमार

एहसान तेरा होगा

एहसान तेरा होगा मुझ पर
दिल चाहता है वो कहने दो
मुझे तुमसे मुहब्बत हो गई है
मुझे पलकों की छाँवों में रहने दो
एहसान तेरा होगा मुझ पर

तुमने मुझको हँसना सिखाया
तुमने मुझको हँसना सिखाया
रोने कहोगे रो लेंगे अब
रोने कहोगे रो लेंगे
आँसू का हमारे ग़म ना करो
वो बहते हैं तो बहने दो
मुझे तुमसे मुहब्बत हो गई है
मुझे पलकों की छाँवों में रहने दो
एहसान तेरा होगा मुझ पर

तुमने पलक पर मुझको बिठाया
तुमने पलक पर मुझको बिठाया
दूर करोगे, दूर रहेंगे
दूर करोगे, दूर रहेंगे
बेताब निगाहों से हमको
अब राह-ए-क़यामत तकने दो
मुझे तुमसे मुहब्बत हो गई है
मुझे पलकों की छाँवों में रहने दो
एहसान तेरा होगा मुझ पर

जैसे लिखा है अपना फ़साना
जैसे लिखा है अपना फ़साना
ख़त्म हुआ तो होगा अधूरा
ख़त्म हुआ तो होगा अधूरा
माज़ी को मिटाकर फिर मुझको
पूरा अफ़साना लिखने दो
मुझे तुमसे मुहब्बत हो गई है
मुझे पलकों की छाँवों में रहने दो
एहसान तेरा होगा मुझ पर

मेरी ख़ता है, रूठ गए हो
मेरी ख़ता है, रूठ गए हो
मेरी सज़ा है, काट रहा हूँ
मेरी सज़ा है, काट रहा हूँ
जो उम्र बची है अब इसमें
यादों से गुज़ारा करने दो
मुझे तुमसे मुहब्बत हो गई है
मुझे पलकों की छाँवों में रहने दो
एहसान तेरा होगा मुझ पर

गीत—हसरत जयपुरी
संगीत—शंकर-जयकिशन
फिल्म—जंगली (1961)
निर्माता—सुबोध मुखर्जी
निर्देशक—सुबोध मुखर्जी

जाँ भी गई तो जा न सकूँगा
जाँ भी गई तो जा न सकूँगा
रूह मेरी तुझमें उलझी है
रूह मेरी तुझमें उलझी है
एक बार गले से लग जाओ
और मुझको सुकूँ से मरने दो
मुझे तुमसे मुहब्बत हो गई है
मुझे पलकों की छाँवों में रहने दो
एहसान तेरा होगा मुझ पर

□

कभी-कभी मेरे दिल में

कभी-कभी मेरे दिल में ख़याल आता है
के जैसे तुझको बनाया गया है मेरे लिए
तू अब से पहले सितारों में बस रही थी कहीं
तुझे ज़मीं पे बुलाया गया है मेरे लिए

कभी-कभी मेरे दिल में ख़याल आता है
के ये बदन, ये निगाहें मेरी अमानत हैं
ये गेसुओं की घनी छाँव है मेरी ख़ातिर
ये होंठ और ये बाँहें मेरी अमानत हैं
कभी-कभी मेरे दिल में ख़याल आता है

गीत—साहिर लुधियानवी
संगीत—खय्याम
फिल्म—कभी-कभी (1976)
निर्माता—यश चोपड़ा
निर्देशक—यश चोपड़ा

कभी–कभी मेरे दिल में ख़याल आता है
के वो सुकून की रातें नहीं मेरी ख़ातिर
तेरी सुबह की महक अब नहीं मेरी ख़ुशबू
वो शाम और वो बातें नहीं मेरी ख़ातिर

कभी कभी मेरे दिल में ख़याल आता है
के मेरे जिस्म में तेरी अदा भी शामिल है
मैं आईने में तुझे देखता रहा जैसे
तू मेरी रूह में मेरे बिना भी शामिल है

कभी–कभी मेरे दिल में ख़याल आता है
के जैसे मुझमें है तनहाइयाँ ज़माने की
मेरी निगाहों से अब ख़्वाब भी हुए ओझल
न कोई राह न मंज़िल मेरे फ़साने की

कभी कभी मेरे दिल में ख़याल आता है
के ये कहानी यहीं पर ख़तम नहीं होगी
जहाँ से आगे कोई और भी जहाँ होगा
ये ज़िंदगानी यहीं पर दफ़न नहीं होगी

कभी कभी मेरे दिल में ख़याल आता है
के जैसे मुझमें कहीं कुछ नहीं है तेरे बिना
तेरी कमी से इस क़दर हुआ हूँ मैं ख़ाली
मेरे वजूद में बाक़ी नहीं मेरा ही निशाँ

कभी कभी मेरे दिल में ख़याल आता है
के आज भी तू मेरी धड़कनों में शामिल है
के चल रही है मेरी साँस बस तेरे दम से
के आज भी तू मेरी ज़िंदगी का हासिल है

कभी कभी मेरे दिल में ख़याल आता है
के जबसे खोई है परछाइयाँ मुहब्बत की
किसी तरह भी कहीं चैन क्यूँ नहीं मिलता
कहीं पे कोई वजह क्यूँ नहीं है राहत की

कभी कभी मेरे दिल में ख़याल आता है
के तुझको पाने से खोने से कुछ नहीं बदला
तू आज भी है मेरी रूह की तमन्ना में
के तेरे होने न होने से कुछ नहीं बदला

कभी कभी मेरे दिल में ख़याल आता है
के तू नहीं तो मेरी ज़िंदगी नहीं कुछ भी
उठी है दिल से दुआ हर घड़ी तेरी ख़ातिर
तू ख़ुश नहीं तो मेरी भी ख़ुशी नहीं कुछ भी

कभी कभी मेरे दिल में ख़याल आता है
तेरे गुनाहों में मेरी ख़ता भी शामिल है
मेरे ग़मों में तेरा दर्द है कहीं शामिल
मेरी वफ़ाओं में तेरी वफ़ा भी शामिल है

कभी-कभी मेरे दिल में ख़याल आता है
के जैसे तू है मेरे पास आज भी लेकिन
है तेरे प्यार का एहसास आज भी लेकिन
रही उदास मेरी प्यास आज भी लेकिन

कभी कभी मेरे दिल में ख़याल आता है
के दास्तान-ए-मुहब्बत नहीं मेरी दुनिया
किसी कहानी में किरदार अब नहीं मेरा
किसी की राह से मिलती नहीं मेरी दुनिया

□

क्या जानूँ सजन

क्या जानूँ सजन, होती है क्या ग़म की शाम
जल उठे सौ दीये जब लिया तेरा नाम
क्या जानूँ सजन

काँटों में मैं खड़ी नैनों के द्वार पे
निस दिन बहार के देखूँ सपने
चेहरे की धूल क्या, चंदा की चाँदनी
उतरी तो रह गई मुख पे अपने
क्या जानूँ सजन, होती है क्या ग़म की शाम
जल उठे सौ दीये जब लिया तेरा नाम
क्या जानूँ सजन

जिस ओर चल पड़ी, इक राह बन गई
चलते हुए मिला, तेरा अँगना
रहना है अब यहीं, ये बाँहें थाम के
कट जाए ज़िंदगी, यूँ ही सजना
क्या जानूँ सजन, होती है क्या ग़म की शाम
जल उठे सौ दीये जब लिया तेरा नाम
क्या जानूँ सजन

धड़कन मेरी सुनो, कहती है क्या तुम्हें
ख़्वाहिश मेरी हो तुम, मानो कहना
सपनों का घर मेरा, है तेरा दिल सनम
अब तुम भी हर घड़ी, मुझमें रहना
क्या जानूँ सजन, होती है क्या ग़म की शाम
जल उठे सौ दीये जब लिया तेरा नाम
क्या जानूँ सजन

नजरों में बस गई, दुनिया ये प्यार की
ये दिन बहार के, अब जाएँ न
मौसम कोई भी हो, आएँ जो आँधियाँ
कलियाँ ये प्यार की, मुरझाएँ न
क्या जानूँ सजन, होती है क्या ग़म की शाम
जल उठे सौ दीये जब लिया तेरा नाम
क्या जानूँ सजन

□

गीत—मजरूह सुल्तानपुरी
संगीत—आर.डी. बर्मन
फिल्म—बहारों के सपने (1967)
निर्माता—नासिर हुसैन
निर्देशक—नासिर हुसैन

गीत तेरे साज़ का

गीत तेरे साज का तेरी ही आवाज हूँ
तू भी मेरा साथी बन जा मैं तेरी हमराज हूँ

आ जा मिलके बाँट ले क्या ख़ुशियाँ क्या ग़म
तन्हा-तन्हा तन्हाई का जहर पिएँ क्यों हम
तू मेरे जीवन का पंछी मैं तेरी परवाज हूँ
गीत तेरे साज का तेरी ही आवाज हूँ
तू भी मेरा साथी बन जा मैं तेरी हमराज हूँ

खोई-खोई नज़रें हैं जाने कहाँ है ख़याल
जैसा तेरा हाल है, वैसा मेरा हुआ है हाल
तू मेरा दीवाना दर्पण मैं तेरा अंदाज़ हूँ
गीत तेरे साज़ का तेरी ही आवाज़ हूँ
तू भी मेरा साथी बन जा मैं तेरी हमराज़ हूँ

ख़्वाबों का एक जहाँ है, एक है अपनी ज़ुबाँ
राहें भी हैं एक हमारी एक सफ़र अपना
तू मेरी ख़ुशियों की मंज़िल मैं तेरी हमराह हूँ
गीत तेरे साज़ का तेरी ही आवाज़ हूँ
तू भी मेरा साथी बन जा मैं तेरी हमराज़ हूँ

सौ बार मना लेंगे तू रूठे अगर इक बार
साथ में जीना हो या मरना हर पल हूँ तैयार
तू रूठा तो रब रूठा है मैं ख़ुद से नाराज़ हूँ
गीत तेरे साज़ का तेरी ही आवाज़ हूँ
तू भी मेरा साथी बन जा मैं तेरी हमराज़ हूँ

□

गीत—राजेंद्र कृष्ण
संगीत—लक्ष्मीकांत-प्यारेलाल
फिल्म—इंतेक़ाम (1969)
निर्माता—दीवान नय्यर
निर्देशक—आर.के. नय्यर

खाई है रे हमने कसम

खाई है रे हमने क़सम संग रहने की
आएगा रे उड़ के मेरा हंस परदेसी

पहला मिलन मोसे नहीं रे सजन का
रहेगा सदा मिलना धरती गगन का
युग से वो है मेरा, मैं उसकी रे
खाई है रे हमने क़सम संग रहने की
आएगा रे उड़ के मेरा हंस परदेसी

उसके क़दम जैसे पड़े ज़िंदगी में
गुल खिल गए मेरे दिल की ज़मीं पे
ख़ुशबू है साँसों में उसी की रे
खाई है रे हमने क़सम संग रहने की
आएगा रे उड़ के मेरा हंस परदेसी

उसके ही होंठों पे सजी बाँसुरी-सी
उसके ही धुन पर मैं हुई बावरी-सी
गीतों में बात है उसी की रे
खाई है रे हमने क़सम संग रहने की
आएगा रे उड़ के मेरा हंस परदेसी

दूरी कोई भी हो तन्हा नहीं मैं
दिखता है वो मुझको देखूँ कहीं मैं
महफ़िल वो है मेरी मैं उसकी रे
खाई है रे हमने क़सम संग रहने की
आएगा रे उड़ के मेरा हंस परदेसी

□

गीत—मजरूह सुल्तानपुरी
संगीत—एस.डी. बर्मन
फिल्म—तलाश (1969)
निर्माता—ओ.पी. रल्हन
निर्देशक—ओ.पी. रल्हन

छू लेने दो

छू लेने दो नाज़ुक होंठों को
कुछ और नहीं है जाम है ये
छू लेने दो नाज़ुक होंठों को
कुछ और नहीं है जाम है ये
क़ुदरत ने जो हमको बख़्शा है
वो सबसे हसीं ईनाम है ये
छू लेने दो नाज़ुक होंठों को

शरमा के ना यूँ ही खो देना
रंगीन जवानी की घड़ियाँ
बेताब धड़कते सीनों का
अरमान भरा पैग़ाम है ये
छू लेने दो नाज़ुक होंठों को
कुछ और नहीं है जाम है ये
छू लेने दो नाज़ुक होंठों को

गीत—साहिर लुधियानवी
संगीत—रवि
फिल्म—काजल (1965)
निर्माता—पन्नालाल माहेश्वरी
निर्देशक—राम माहेश्वरी

आए हो तो थोड़ी देर रुको
महफ़िल है, समाँ है, साक़ी है
छलकाओ जिगर से पैमाना
शायर है ग़ज़ल की शाम है ये
छू लेने दो नाज़ुक होंठों को
कुछ और नहीं है जाम है ये
छू लेने दो नाज़ुक होंठों को

एक बार मेरे होकर देखो
ख़ुद के ना रहोगे, वादा है
सीने में धड़कता है जो दिल
कहता है तुम्हारे नाम है ये
छू लेने दो नाज़ुक होंठों को
कुछ और नहीं है जाम है ये
छू लेने दो नाज़ुक होंठों को

जो आग लगी है सीने में
वो आग बुझाने की ख़ातिर
पीता हूँ सुबह से शाम मगर
आँसू की तरह नाकाम है ये
छू लेने दो नाज़ुक होंठों को
कुछ और नहीं है जाम है ये
छू लेने दो नाज़ुक होंठों को

ख़ुश होके जला है परवाना
डूबा है नशे में दीवाना
इनको है ख़बर जो उल्फ़त में
होता है वही अंजाम है ये
छू लेने दो नाज़ुक होंठों को
कुछ और नहीं है जाम है ये
छू लेने दो नाज़ुक होंठों को

□

ज़रा सी आहट

ज़रा सी आहट होती है तो दिल सोचता है
कहीं ये वो तो नहीं

छुपके सीने में कोई जैसे सदा देता है
शाम से पहले दीया दिल का जला देता है
है उसी की ये सदा, है उसी की ये अदा
कहीं ये वो तो नहीं
ज़रा सी आहट होती है तो दिल सोचता है
कहीं ये वो तो नहीं

हर घड़ी कोई मेरे साथ है परछाई-सी
धड़कनें दिल की धड़कने लगीं शहनाई-सी
ले गई होश मेरा, बहकी-बहकी सी हवा
कहीं ये वो तो नहीं
ज़रा सी आहट होती है तो दिल सोचता है
कहीं ये वो तो नहीं

इस क़दर मेरी निगाहों में उतर आया है
उसकी सूरत में ख़ुदा जैसे नज़र आया है
है उसी की ये दुआ, है उसी की ये हयात
कहीं ये वो तो नहीं
ज़रा सी आहट होती है तो दिल सोचता है
कहीं ये वो तो नहीं

एक मुद्दत से जिसे देखा किया ख़्वाबों में
जिसकी ख़ुशबू में महकता है बदन रातों में
जो ख़यालों में बसा, जो है साँसों में घुला
कहीं ये वो तो नहीं
ज़रा सी आहट होती है तो दिल सोचता है
कहीं ये वो तो नहीं

□

गीत—कैफ़ी आज़मी
संगीत—मदन मोहन
फिल्म—हक़ीक़त (1964)
निर्माता—चेतन आनंद
निर्देशक—चेतन आनंद

ज़िंदगी जब भी

ज़िंदगी जब भी तेरी बज़्म में लाती है हमें
ये ज़मीं चाँद से बेहतर नज़र आती है हमें

सुर्ख़ फूलों से महक उठती हैं दिल की राहें
दिन ढले यूँ तेरी आवाज़ बुलाती है हमें
ये ज़मीं चाँद से बेहतर नज़र आती है हमें

तेरे हँसने की अदा, तेरी खनकती बातें
गुदगुदी करके यूँ ही रोज़ हँसाती हैं हमें
ये ज़मीं चाँद से बेहतर नज़र आती है हमें

तेरी ख़ुशबू में भरी यादें हर घड़ी हर पल
इक मुलाक़ात का एहसास कराती हैं हमें
ये ज़मीं चाँद से बेहतर नज़र आती है हमें

ख़ूबसूरत सी ख़ता करके तुम्हारी ज़ुल्फ़ें
रात-दर-रात सर-ए-ख़्वाब जगाती हैं हमें
ये ज़मीं चाँद से बेहतर नज़र आती है हमें

तेरी तस्वीर निगाहों के किसी कोने से
हर घड़ी पास बहुत पास बुलाती है हमें
ये ज़मीं चाँद से बेहतर नज़र आती है हमें

साथ गुज़रे जो हसीं पल वो सुहाने पल थे
महफ़िलें दिल की यही याद दिलाती हैं हमें
ये ज़मीं चाँद से बेहतर नज़र आती है हमें

पहले शक़ था कि ज़मीं पर है परी जन्नत की
अब तो छू कर वो भरोसा भी दिलाती है हमें
ये ज़मीं चाँद से बेहतर नज़र आती है हमें

□

गीत—शहरयार
संगीत—खय्याम
फिल्म—उमराव जान (1981)
निर्माता—मुज़फ़्फ़र अली
निर्देशक—मुज़फ़्फ़र अली

तू जो मेरे सुर में

तू जो मेरे सुर में सुर मिला ले
संग गा ले
तो ज़िंदगी हो जाए सफल
तू जो मेरे मन का घर बना ले
मन लगा ले
तो बंदगी हो जाए सफल

चाँदनी रातों में हाथ लिये हाथों में
डूबे रहें एक-दूसरे की रसभरी बातों में
तू जो मेरे संग में
मुस्करा ले
गुनगुना ले
तो ज़िंदगी हो जाए सफल
तू जो मेरे सुर में

दिल की निगाहों में ख़्वाब की राहों में
हम तुम मिलें ऐसे कि जैसे ख़ुशबू हवाओं में
तू जो मेरे सपने
ख़ुद सजा ले
जगमगा ले
तो रोशनी हो जाए सफल
तू जो मेरे सुर में

दर्द की बारिश में वक़्त की साज़िश में
ग़म में डूबे लम्हों में हँस ले ख़ुशियों की ख़्वाहिश में
तू जो मेरे ग़म में
हाथ थामे
साथ गा ले
तो दर्द भी हो जाए सफल
तू जो मेरे सुर में

तू जो मेरे सुर में सुर मिला ले
संग गा ले
तो ज़िंदगी हो जाए सफल
तू जो मेरे सुर में

□

गीत—रवींद्र जैन
संगीत—रवींद्र जैन
फिल्म—चितचोर (1976)
निर्माता—ताराचंद बड़जात्या
निर्देशक—बासु चटर्जी

तुम आ गए हो

तुम आ गए हो, नूर आ गया है
नहीं तो चराग़ों से लौ जा रही थी
जीने की तुमसे वजह मिल गई है
बड़ी बेवजह ज़िंदगी जा रही थी
तुम आ गए हो, नूर आ गया है

कहाँ से चले, कहाँ के लिए
ये ख़बर नहीं थी मगर
कोई भी सिरा जहाँ जा मिला
वहीं तुम मिलोगे
के हम तक तुम्हारी दुआ आ रही थी
तुम आ गए हो, नूर आ गया है
नहीं तो चराग़ों से लौ जा रही थी

दिन हुआ नया, रात हुई नई
बदला-बदला है समाँ
नए ख़्वाब में मेरे चाँद में
तुम्हीं तुम दिखोगे
कि दिल पर तुम्हारी फ़िज़ा छा रही थी
तुम आ गए हो, नूर आ गया है
नहीं तो चराग़ों से लौ जा रही थी

तुम जो आ गए, दिल पे छा गए
जाना अब नहीं कहीं
मेरी ज़िंदगी चलेगी यूँ ही
अगर तुम रहोगे
कि दिल से यही इल्तिजा आ रही थी
तुम आ गए हो, नूर आ गया है
नहीं तो चराग़ों से लौ जा रही थी

गुज़रती रही यूँ ही ज़िंदगी
जैसे थी इसे ख़बर
जुदा होके भी किसी राह पर
कभी तो मिलोगे
कि रब तक हमारी दुआ जा रही थी
तुम आ गए हो, नूर आ गया है
नहीं तो चराग़ों से लौ जा रही थी

□

गीत—गुलज़ार
संगीत—आर.डी. बर्मन
फिल्म—आँधी (1975)
निर्माता—जे. ओमप्रकाश
निर्देशक—गुलज़ार

तू इस तरह से

तू इस तरह से मेरी ज़िंदगी में शामिल है
जहाँ भी जाऊँ ये लगता है, तेरी महफ़िल है

ये आसमान, ये बादल, ये रास्ते, ये हवा
हर एक चीज़ है अपनी जगह-ठिकाने से
कई दिनों से शिक़ायत नहीं ज़माने से
ये ज़िंदगी है सफ़र तू सफ़र की मंज़िल है
जहाँ भी जाऊँ तो लगता है, तेरी महफ़िल है
तू इस तरह से

ये धड़कनें मेरी ख़ामोश थीं हमेशा से
मगर हवा में उड़ा एक दिन तेरा आँचल
धड़क उठा जो तेरे प्यार की हुई हलचल
लगा कि अब मेरे सीने में भी कोई दिल है
जहाँ भी जाऊँ तो लगता है, तेरी महफ़िल है
तू इस तरह से

तेरे बग़ैर बहुत दूर तक चला था मैं
मुझे मिला न सफ़र में कहीं कोई साथी
तू मिल गया तो नहीं अब कोई कमी बाक़ी
तेरे क़दम हैं जहाँ उस जगह पे मंज़िल है
जहाँ भी जाऊँ तो लगता है, तेरी महफ़िल है
तू इस तरह से

तेरे लिए तो ख़ुदा से भी हो गई अनबन
कि तुझसे मिलके इबादत नहीं की मैंने
किसी से ऐसी मुहब्बत नहीं की मैंने
तेरी ख़ुशी ही मेरी हर दुआ का हासिल है
जहाँ भी जाऊँ तो लगता है, तेरी महफ़िल है
तू इस तरह से

□

गीत—निदा फ़ाज़ली
संगीत—उषा खन्ना
फिल्म—आप तो ऐसे न थे (1980)
निर्माता—मोहन कुमार
निर्देशक—अंबरीश संगल

तेरा मेरा प्यार अमर

तेरा मेरा प्यार अमर
फिर क्यूँ मुझको लगता है डर
मेरे जीवन साथी बता
क्यूँ दिल धड़के रह-रह कर

क्या कहा है चाँद ने
जिसको सुन के चाँदनी
हर लहर पे झूम के
क्यूँ ये नाचने लगी
चाहत का है हरसू असर
फिर क्यूँ मुझको लगता है डर
तेरा मेरा प्यार अमर
फिर क्यूँ मुझको लगता है डर

गीत—शैलेंद्र
संगीत—शंकर-जयकिशन
फिल्म—असली नक़ली (1962)
निर्माता—एल.बी. लक्ष्मण
निर्देशक—ऋषिकेश मुखर्जी

देखती है प्यार से
ज़िंदगी बहार की
जो भी थी गुज़र गई
उम्र इंतज़ार की
पहलू मैं है शामो-सहर
फिर क्यूँ मुझको लगता है डर
तेरा मेरा प्यार अमर
फिर क्यूँ मुझको लगता है डर

हर ख़ुशी में दर्द में
दूर होके पास है
तू नहीं तो कम-से-कम
तेरी एक आस है
दुनिया है उम्मीदों पर
फिर क्यूँ मुझको लगता है डर
तेरा मेरा प्यार अमर
फिर क्यूँ मुझको लगता है डर

जानता है दिल मेरा
मंज़िलें क़रीब हैं
वक़्त साथ है अभी
राह ख़ुशनसीब है
दोनों का है एक सफ़र
फिर क्यूँ मुझको लगता है डर
तेरा मेरा प्यार अमर
फिर क्यूँ मुझको लगता है डर

है उदास क्यूँ हवा
हम नहीं तो क्या हुआ
दो दिलों की प्यास है

दो दिलों की है दुआ
मिलने की फिर बिछड़े अगर
फिर क्यूँ मुझको लगता है डर
तेरा मेरा प्यार अमर
फिर क्यूँ मुझको लगता है डर

दिल की बेक़रारियाँ
बढ़ रही हैं दिन-ब-दिन
बढ़ रही है बे-कली
हर घड़ी तुम्हारे बिन
जबकि तू है मुझमें बसर
फिर क्यूँ मुझको लगता है डर
तेरा मेरा प्यार अमर
फिर क्यूँ मुझको लगता है डर

□

दिल की नज़र से

दिल की नज़र से, नज़रों की दिल से
ये बात क्या है? ये राज़ क्या है? कोई हमें बता दे
सीने से उठकर, होंठों पे आया
ये गीत कैसा? ये राग क्या है? कोई हमें बता दे
दिल की नज़र से

क्यूँ बेख़बर यूँ खिंची-सी चली जा रही मैं?
ये कौन से बंधनों में बँधी जा रही मैं?
कुछ खो रहा है, कुछ मिल रहा है
ये बात क्या है? ये राज़ क्या है? कोई हमें बता दे
दिल की नज़र से

क्यूँ एक पल एक-दूजे के बिन हम अकेले?
क्यूँ एक पल बेबसी फिर से बाँहों में ले ले?
इक पल मुहब्बत, इक पल क़यामत
ये बात क्या है? ये राज़ क्या है?
कोई हमें बता दे
दिल की नज़र से

तुम ज़िंदगी बन गए हो मुझे बिन बताए
तुम आरज़ू की जगह मुझमें यूँ मुस्कराए
दिल है तुम्हारा, धड़कन हमारी
ये बात क्या है? ये राज़ क्या है?
कोई हमें बता दे
दिल की नज़र से

तुम हो मेरे तो अँधेरों का डर क्यूँ सताए?
क्यूँ रोशनी कर रही है जुदा अपने साए?
उम्मीद फिर भी सपने सजाए
ये बात क्या है? ये राज़ क्या है?
कोई हमें बता दे
दिल की नज़र से

हम हर क़दम चल रहे ज़िंदगी के सफ़र में
या रास्ते चल रहे हैं हमारी नज़र में
मंज़िल है रस्ता या राह मंज़िल
ये बात क्या है? ये राज़ क्या है?
कोई हमें बता दे
दिल की नज़र से

□

गीत—शैलेंद्र
संगीत—शंकर-जयकिशन
फिल्म—अनाड़ी (1959)
निर्माता—एल.बी. लक्ष्मण
निर्देशक—ऋषिकेश मुखर्जी

धड़क है ना

मरहमी-सा चाँद है तू दिलजला-सा मैं अँधेरा
एक-दूजे के लिए हैं नींद मेरी ख़्वाब तेरा
तू घटा है फुहार की मैं घड़ी इंतज़ार की
अपना मिलना लिखा इसी बरस है ना
जो मेरी मंज़िलों को जाती है
तेरे नाम की कोई सड़क है ना
जो मेरे दिल को दिल बनाती है
तेरे नाम की कोई धड़क है ना

कोई बाँधनी जोड़ा ओढ़ के
बाबुल की गली आऊँ छोड़ के
तेरे ही लिए लाऊँगी पिया
सोलह साल के सावन जोड़ के
प्यार से थामना, डोर बारीक है
सात जन्मों की ये पहली तारीख़ है
डोर का एक मैं सिरा
और तेरा है दूसरा
जुड़ सके बीच में कोई तड़प है ना
जो मेरे दिल को दिल बनाती है
तेरे नाम की कोई धड़क है ना

तुझको सोच के सुनता हूँ जिसे
धड़कन है मेरे दिल बीमार की
तुझको देखके बुनता हूँ जिसे
वो है ख़्वाब में दुनिया प्यार की
प्यार से देखना एक एहसास हूँ
तू है सागर मेरा मैं तेरी प्यास हूँ
पास है तू तो मैं सिला
दूर है तो मैं हूँ गिला
और इस दरमियाँ कोई कसक है ना
जो मेरी मंज़िलों को जाती है
तेरे नाम की कोई सड़क है ना
जो मेरे दिल को दिल बनाती है
तेरे नाम की कोई धड़क है ना

ज़ुल्फ़ों को तेरी बादल क्या कहूँ
बादल को तेरा काजल क्या कहूँ
लहराई हवा, आँचल क्या कहूँ
ख़ुशबू को तेरी संदल क्या कहूँ
हर नज़र को तेरा है तजुर्बा नया
और मैं क्या कहूँ बाग़बाँ कह रहा
फूल तुझसा नहीं खिला
जो किसी में नहीं मिला
तुझमें वो बात ही कोई अलग है ना
जो मेरी मंज़िलों को जाती है
तेरे नाम की कोई सड़क है ना
जो मेरे दिल को दिल बनाती है
तेरे नाम की कोई धड़क है ना

□

गीत—अमिताभ भट्टाचार्य
संगीत—अजय-अतुल
फिल्म—धड़क (2018)
निर्माता—धर्मा प्रोडक्शंस
निर्देशक—शशांक खैतान

न तुम हमें जानो

न तुम हमें जानो
न हम तुम्हें जानें
मगर लगता है कुछ ऐसा
मेरा हमदम मिल गया

ये मौसम, ये रात चुप है
ये होंठों की बात चुप है
ख़ामोशी सुनाने लगी है दास्ताँ
ये मौसम, ये रात चुप है
ये होंठों की बात चुप है
ख़ामोशी सुनाने लगी है दास्ताँ
नज़र बन गई है दिल की ज़बाँ
न तुम हमें जानो

जहाँ तक ये रास्ते थे
वहीं तक ये फ़ासले थे
मिले हम तो दूरी नहीं थी दरमियाँ
जहाँ तक ये रास्ते थे
वहीं तक ये फ़ासले थे
मिले हम तो दूरी नहीं थी दरमियाँ
हुआ वक़्त हम पे यूँ मेहरबाँ
न तुम हमें जानो

वो लम्हे हैं याद अब तक
ज़ुबाँ पे है स्वाद अब तक
है साहिल पे अब भी तेरे क़दम के निशाँ
वो लम्हे हैं याद अब तक
ज़ुबाँ पे है स्वाद अब तक
है साहिल पे अब भी तेरे क़दम के निशाँ
निगाहों में हैं वो नज़ारे जवाँ
न तुम हमें जानो

समुंदर के पार हम हैं
जुदाई का प्यार हम हैं
मुहब्बत भी लेने लगी है इम्तहाँ
समुंदर के पार हम हैं
जुदाई का प्यार हम हैं
मुहब्बत भी लेने लगी है इम्तहाँ
मिलेंगे कहीं तो ज़मीं-आसमाँ
न तुम हमें जानो

□

गीत—मजरूह सुल्तानपुरी
संगीत—एस.डी. बर्मन
फिल्म—बात एक रात की (1962)
निर्माता—अलंकार चित्रा
निर्देशक—शंकर मुखर्जी

नींद न मुझको आए

नींद न मुझको आए
दिल मेर घबराए
चुपके चुपके, कोई आ के
सोया प्यार जगाए
नींद न मुझको आए

सोया हुआ संसार है
सोया हुआ संसार
मैं जागूँ यहाँ, तू जागे वहाँ, एक
दिल में दर्द दबाए
नींद न मुझको आए

एक इश्क़ में बीमार है
एक इश्क़ से बे-ज़ार
मैं दर्दे-जिगर, वो दिल की दवा, कोई
साथ लेकर आए
नींद न मुझको आए

कोई ख़्वाब में दिन-रात है
दिन-रात है कोई ख़्वाब
इन पलकों तले इक शम्मा जले, और
दिल में आस जगाए
नींद न मुझको आए

एक ज़िंदगी बेरंग है
एक ज़िंदगी के संग
कहीं झूमे गगन, कहीं डूबे हैं मन, हुए
जिस्मो-जान पराए
नींद न मुझको आए

□

गीत—पी.एल. संतोषी
संगीत—कल्याणजी-आनंदजी
फिल्म—पोस्ट बॉक्स 999 (1958)
निर्माता—नगीना फिल्म्स
निर्देशक—रवींद्र दवे

मिलती है ज़िंदगी में

मिलती है ज़िंदगी में मुहब्बत कभी-कभी
होती है दिलबरों की इनायत कभी-कभी

शरमा के मुँह न फेर, नज़र के सवाल पर
लाती है ऐसे मोड़ पे, क़िस्मत कभी-कभी
मिलती है ज़िंदगी में मुहब्बत कभी-कभी

उल्फ़त में दिल गँवा के तसल्ली नहीं हुई
होती है जाँ लुटाने की हसरत कभी-कभी
मिलती है ज़िंदगी में मुहब्बत कभी-कभी

देखो कि बह न जाए उम्मीदें हयात की
होती है आँसुओं में बग़ावत कभी-कभी
मिलती है ज़िंदगी में मुहब्बत कभी-कभी

वाइज़ बुरा न मान, ख़ुदा को बुरा कहा
निकली है यूँ दुआ में शिक़ायत कभी-कभी
मिलती है ज़िंदगी में मुहब्बत कभी-कभी

कहते हैं वो हमेशा मुहब्बत है ज़िंदगी
करते हैं ज़िंदगी से मुहब्बत कभी-कभी
मिलती है ज़िंदगी में मुहब्बत कभी-कभी

□

गीत—साहिर लुधियानवी
संगीत—रवि
फिल्म—आँखें (1968)
निर्माता—रामानंद सागर
निर्देशक—रामानंद सागर

मुस्कराने की वजह

मुस्कराने की वजह तुम हो
गुनगुनाने की वजह तुम हो
जिया जाए ना, जाए ना, जाए ना
ओ रे पिया रे
ओ रे लम्हे तू कहीं मत जा
हो सके तो उम्र भर थम जा
जिया जाए ना, जाए ना, जाए ना
ओ रे पिया रे

धूप आए तो छाँव तुम लाना
ख़्वाहिशों की बारिशों में भीग संग जाना
जिया जाए ना, जाए ना, जाए ना
ओ रे पिया रे

हर सुबह तुझसे ही शुरू होगी
रात तेरी बाँहों में ही पुरसुकूँ होगी
जिया जाए ना, जाए ना, जाए ना
ओ रे पिया रे

चार दिन की है ज़िंदगी अपनी
साथ तू है तो ख़ुशी है सौ गुनी अपनी
जिया जाए ना, जाए ना, जाए ना
ओ रे पिया रे

एक दूजे पर जान देंगे हम
एक दूजे को यूँ अपना मान लेंगे हम
जिया जाए ना, जाए ना, जाए ना
ओ रे पिया रे

इब्तेदा अपनी इंतेहा होगी
इंतेहा के बाद अपनी दास्ताँ होगी
जिया जाए ना, जाए ना, जाए ना
ओ रे पिया रे

□

गीत—रश्मि सिंह
संगीत—जीत गांगुली
फिल्म—सिटीलाइट्स (2014)
निर्माता—मुकेश भट्ट
निर्देशक—हंसल मेहता

मैंने तेरे लिए ही

मैंने तेरे लिए ही सात रंग के सपने चुने
सपने, सुरीले सपने
कुछ हँसते, कुछ ग़म के
तेरी आँखों के साये चुराए
रसीली यादों ने
ओ मैंने तेरे लिए ही सात रंग के सपने चुने
सपने, सुरीले सपने

छोटी बातें
छोटी-छोटी बातों की हैं यादें बड़ी
भूले नहीं बीती हुई एक छोटी घड़ी
छोटी बातें
छोटी-छोटी बातों की हैं यादें बड़ी
भूले नहीं बीती हुई एक छोटी घड़ी
जनम-जनम से आँखें बिछाईं
तेरे लिए इन राहों में
ओ मैंने तेरे लिए ही सात रंग के सपने चुने
सपने, सुरीले सपने

तेरी–मेरी
तेरी–मेरी बातों में हैं बातें कई
झूठे सही, लेकिन इरादों में हैं वादे कई
तेरी–मेरी बातों में हैं बातें कई
झूठे सही, लेकिन इरादों में हैं वादे कई
कभी–कभी तो ख़ामोशियों से
बातें हुई हैं आँखों में
ओ मैंने तेरे लिए ही सात रंग के सपने चुने
सपने, सुरीले सपने

आते–जाते
आते–जाते लम्हों ने बताया यूँ ही
ख़ुशियाँ कभी छोटे पलों की गँवाना नहीं
आते–जाते लम्हों ने बताया मुझे
ख़ुशियाँ कभी छोटे पलों की गँवाना नहीं
जहाँ मिली हैं तुम्हारी ख़ुशियाँ
छुपा लिया है यादों में
ओ मैंने तेरे लिए ही सात रंग के सपने चुने
सपने, सुरीले सपने

□

गीत—गुलज़ार
संगीत—सलिल चौधरी
फिल्म—आनंद (1971)
निर्माता—ऋषिकेश मुखर्जी, एन.सी. सिप्पी
निर्देशक—ऋषिकेश मुखर्जी

ये मोह-मोह के धागे

ये मोह-मोह के धागे
तेरी उँगलियों से जा उलझे
कोई टोह टोह ना लागे
किस तरह गिरहा ये सुलझे
है रोम-रोम इकतारा
जो बादलों में से गुज़रे
ये मोह-मोह के धागे

तू होगा ज़रा पागल तूने मुझको है चुना
कैसे तूने अनकहा
तूने अनकहा सब सुना
तू होगा ज़रा पागल तूने मुझको है चुना
तू दिन-सा है मैं रात
आना दोनों
मिल जाए शामों की तरह
ये मोह-मोह के धागे

तू कह दे मुझे बातें वो सारी अनकही
जो भी तेरे दिल में थी
तेरे दिल में ही रह गई
तू कह दे मुझे बातें वो सारी अनकही
प्यार की बातें
वो इंतज़ार की बातें
कह दे तू पूरी दास्ताँ
ये मोह-मोह के धागे

तू मेरी दुनिया में जाने कैसे आ गया
कैसे एक पल में ही
मेरे दिल पे भी छा गया
तू मेरी दुनिया में जाने कैसे आ गया
सोच के देखूँ
तो इन ख़यालों में है तू
बस एक जादू की तरह
ये मोह-मोह के धागे

□

गीत—वरुण ग्रोवर
संगीत—अनु मलिक
फिल्म—दम लगा के हईसा (2015)
निर्माता—आदित्य चोपड़ा, मनीष शर्मा
निर्देशक—शरत कटारिया

ये मुलाक़ात एक बहाना है

ये मुलाक़ात एक बहाना है
प्यार का सिलसिला पुराना है
ये मुलाक़ात एक बहाना है

धड़कनें धड़कनों में खो जाएँ
दिल को दिल के क़रीब लाना है
प्यार का सिलसिला पुराना है
ये मुलाक़ात एक बहाना है

मैं लिखूँ गीत तुम ग़ज़ल कह दो
आज मौसम बड़ा सुहाना है
प्यार का सिलसिला पुराना है
ये मुलाक़ात एक बहाना है

आप किरदार हैं मुहब्बत का
आपका प्यार इक फ़साना है
प्यार का सिलसिला पुराना है
ये मुलाक़ात एक बहाना है

सिर्फ़ मेरे ही साथ-साथ नहीं
आईने से भी मुस्कराना है
प्यार का सिलसिला पुराना है
ये मुलाक़ात एक बहाना है

ज़िंदगी और मौत दोनों ही
एक-दूजे में आज़माना है
प्यार का सिलसिला पुराना है
ये मुलाक़ात एक बहाना है

प्यार कितना है दिलनशीं तुमसे
प्यार कर के तुम्हें दिखाना है
प्यार का सिलसिला पुराना है
ये मुलाक़ात एक बहाना है

तुझसे होती है हर सुबह मेरी
शाम तेरा ही आशियाना है
प्यार का सिलसिला पुराना है
ये मुलाक़ात एक बहाना है

फूल में रंगो-बू नहीं ख़ुद के
सब तुम्हारा ही मुस्कराना है
प्यार का सिलसिला पुराना है
ये मुलाक़ात एक बहाना है

दिल में शहनाइयाँ बजी जबसे
ज़िंदगी प्यार का तराना है
प्यार का सिलसिला पुराना है
ये मुलाक़ात एक बहाना है

□

गीत—नक़्श लायलपुरी
संगीत—खय्याम
फिल्म—ख़ानदान (1979)
निर्माता—सिब्ते हसन रिज़्वी
निर्देशक—अनिल गांगुली

ये रात, ये चाँदनी

ये रात, ये चाँदनी फिर कहाँ
सुन जा दिल की दास्ताँ
चाँदनी रातें प्यार की बातें
खो गईं जाने कहाँ
ये रात ये चाँदनी फिर कहाँ
सुन जा दिल की दास्ताँ

आती है सदा तेरी टूटे हुए तारों से
आहट तेरी सुनती हूँ ख़ामोश नज़ारों से
भीगी हवा उमड़ी घटा
कहती है तेरी कहानी
तेरे लिए बेचैन है
शोलों में लिपटी जवानी
सीने में बल खा रहा है धुआँ
सुन जा दिल की दास्ताँ

ख़ामोश निगाहें हैं वीरान मेरी बाँहें
अब लौट के आ जाएँ ऐ काश तेरी राहें
चुभती रही तेरी कमी
डसती रही ये जुदाई
तेरे बिना होती रही
मुझसे मेरी ही रिहाई
आजा कि अब छूटता है जहाँ
सुन जा दिल की दास्ताँ

वादे बड़े ज़ालिम हैं उम्मीद जगाते हैं
ख़्वाबों को सजाते हैं फिर नींद उड़ाते हैं
मेरे सनम तेरी क़सम
सोती नहीं हैं ये रातें
करती हैं ये शामो-सहर
मुझसे तुम्हारी ही बातें
ग़मगीन हो या कि हो ख़ुशनुमा
सुन जा दिल की दास्ताँ

□

गीत—साहिर लुधियानवी
संगीत—एस.डी. बर्मन
फिल्म—जाल (1952)
निर्माता—टी.आर. फतेहचंद
निर्देशक—गुरुदत्त

ये रातें, ये मौसम

ये रातें, ये मौसम, नदी का किनारा, ये चंचल हवा
ये रातें, ये मौसम, नदी का किनारा, ये चंचल हवा
कहा दो दिलों ने कि मिलकर कभी हम न होंगे जुदा
ये रातें, ये मौसम, नदी का किनारा, ये चंचल हवा

ये क्या बात है आज की चाँदनी में
के हम खो गए प्यार की रागिनी में
ये बाँहों में बाँहें ये बहकी निगाहें
लो आने लगा ज़िंदगी का मज़ा
ये रातें, ये मौसम, नदी का किनारा, ये चंचल हवा

ख़ुशी-ही-ख़ुशी है जहाँ तक नज़र है
हसीं ज़िंदगी इक सुहाना सफ़र है
जहाँ हम मिले हैं वहीं मंज़िलें हैं
यहाँ से हमें और जाना कहाँ
ये रातें, ये मौसम, नदी का किनारा, ये चंचल हवा

हवाओं ने कर लीं घटाओं से बातें
घटाओं ने ज़ाहिर किए कुछ इरादे
ये भीगा समाँ है, मुहब्बत जवाँ है
निगाहों में छाने लगा है नशा
ये रातें, ये मौसम, नदी का किनारा, ये चंचल हवा

चलो आज मुझको तुम इतना बता दो
ज़ुबाँ साथ ना दे तो बस मुस्करा दो
अगर है मुहब्बत तो आँखें झुकाकर
मुझे दिल के जज़्बात कर दो बयाँ
ये रातें, ये मौसम, नदी का किनारा, ये चंचल हवा

कड़कती है बिजली मगर बे-ख़बर है
जो तुम साथ हो तो मुझे क्या फ़िकर है
हमें डर नहीं गर मुहब्बत ख़ता है
मिले चाहे अब मौत की भी सज़ा
ये रातें, ये मौसम, नदी का किनारा, ये चंचल हवा

□

गीत—शैलेंद्र
संगीत—रवि
फिल्म—दिल्ली का ठग (1958)
निर्माता—एस.डी. नारंग
निर्देशक—एस.डी. नारंग

लिखे जो ख़त तुझे

लिखे जो ख़त तुझे
वो तेरी याद में हज़ारों रंग के नज़ारे बन गए
सवेरा जब हुआ तो फूल बन गए
जो रात आई तो सितारे बन गए
लिखे जो ख़त तुझे

कोई नग़मा कहीं गूँजा, कहा दिल ने ये तू आई
कहीं चटकी कली कोई, मैं ये समझा तू शरमाई
कोई ख़ुशबू कहीं बिखरी, लगा ये ज़ुल्फ़ लहराई
लिखे जो ख़त तुझे

ख़बर जब भी तेरी आई, हवा महकी, घटा छाई
तेरे क़दमों की आहट से बजी धड़कन में शहनाई
हुई रोशन मेरी महफ़िल झलक तूने जो दिखलाई
लिखे जो ख़त तुझे

तेरी बूँदें घटाओं में, तेरी ख़ुशबू हवाओं में
गुलों में है तेरी रंगत, तेरा जादू फ़िज़ाओं में
तेरा एहसास भरता है नशा मेरी निगाहों में
लिखे जो ख़त तुझे

तेरी तस्वीर है दिल में, मैं ये इक़रार करता हूँ
निगाहें मूँदकर भी मैं तेरा दीदार करता हूँ
कहूँ या न कहूँ लब से, मैं तुमसे प्यार करता हूँ
लिखे जो ख़त तुझे

तेरी ख़ातिर मेरे दिल में मुहब्बत-ही-मुहब्बत है
मेरे रब की इबादत तू मेरे रब की इनायत है
बयाँ करना नहीं मुमकिन तू इतनी ख़ूबसूरत है
लिखे जो ख़त तुझे

□

गीत—नीरज
संगीत—शंकर-जयकिशन
फिल्म—कन्यादान (1968)
निर्माता—राजेंद्र भाटिया
निर्देशक—मोहन सहगल

वादियाँ मेरा दामन

वादियाँ मेरा दामन, रास्ते मेरी बाँहें
जाओ मेरे सिवा, तुम कहाँ जाओगे
वादियाँ मेरा दामन, रास्ते मेरी बाँहें
जाओ मेरे सिवा, तुम कहाँ जाओगे
वादियाँ मेरा दामन

जब चुराओगे तन तुम किसी बात से
शाख़-ए-गुल छेड़ देगी मेरे हाथ से
अपनी ही ज़ुल्फ़ को और उलझाओगे
वादियाँ मेरा दामन, रास्ते मेरी बाँहें
जाओ मेरे सिवा, तुम कहाँ जाओगे
वादियाँ मेरा दामन

कोई काँटा अगर चुभ गया पाँव में
मैं रहूँगा हवा की तरह घाव में
मेरी हर फूँक में राहतें पाओगे
वादियाँ मेरा दामन, रास्ते मेरी बाँहें
जाओ मेरे सिवा, तुम कहाँ जाओगे
वादियाँ मेरा दामन

साहिलों पर उदासी का आलम लिये
जब करोगे मेरी मौज से तुम गिले
रेत पैरों तले भीगता पाओगे
वादियाँ मेरा दामन, रास्ते मेरी बाँहें
जाओ मेरे सिवा, तुम कहाँ जाओगे
वादियाँ मेरा दामन

रूठकर जब कभी मुँह छुपाओगे तुम
नींद के रास्ते दूर जाओगे तुम
ख़्वाब में तुम मुझे जागता पाओगे
वादियाँ मेरा दामन, रास्ते मेरी बाँहें
जाओ मेरे सिवा, तुम कहाँ जाओगे
वादियाँ मेरा दामन

□

गीत—मजरूह सुल्तानपुरी
संगीत—आर.डी. बर्मन
फिल्म—अभिलाषा (1968)
निर्माता—आर.जे. दवे
निर्देशक—अमित बोस

सावन का महीना

सावन का महीना पवन करे सोर
जियरा रे झूमे ऐसे, जैसे बनमा नाचे मोर

रामा गजब ढाए
ये पुरवइया
नइया सँभालो कित
खोए हो खिवइया
पुरवइया के आगे
चले न कोई जोर
जियरा रे झूमे ऐसे
जैसे बनमा नाचे मोर
सावन का महीना

बरखा न छाई अबकि
तुम बिन सजनवा
बरसे हैं केवल तोहरे
प्यार में नयनवा
पूछे है ये आँसू कहाँ है चितचोर
जियरा रे झूमे ऐसे
जैसे बनमा नाचे मोर
सावन का महीना

कटने को ही है
कारी रात गुजरिया
आने को ही है
तोहरी बाँह में सँवरिया
बस रतिया के आगे होनेवाली है भोर
जियरा रे झूमे ऐसे
जैसे बनमा नाचे मोर
सावन का महीना

तोहरे सिवा कुछ हमरी
चाह न कोई
तोहरे बिना ऐ गोरी
राह न कोई
तोहरे हाथों में है
हमरे मनवा की डोर
जियरा रे झूमे ऐसे
जैसे बनमा नाचे मोर
सावन का महीना

□

गीत—आनंद बख्शी
संगीत—लक्ष्मीकांत-प्यारेलाल
फिल्म—मिलन (1967)
निर्माता—एल.वी. प्रसाद
निर्देशक—अदुर्थी सुब्बा राव

हमने देखी है

हमने देखी है उन आँखों की महकती ख़ुशबू
हाथ से छूके इसे रिश्तों का इल्ज़ाम न दो
सिर्फ़ एहसास है ये, रूह से महसूस करो
प्यार को प्यार ही रहने दो कोई नाम न दो
हमने देखी है

प्यार कोई बोल नहीं, प्यार आवाज़ नहीं
एक ख़ामोशी है, सुनती है, कहा करती है
न ये बुझती है, न रुकती है, न ठहरी है कहीं
नूर की बूँद है सदियों से बहा करती है
सिर्फ़ एहसास है ये, रूह से महसूस करो
प्यार को प्यार ही रहने दो, कोई नाम न दो
हमने देखी है

प्यार कोई प्यास नहीं, प्यार उम्मीद नहीं
एक धारा है, जो दिन-रात बहा करती है
ये वो ख़ुशबू है हवाओं की जो मोहताज नहीं
ये वो मछली है जो सहरा में रहा करती है
सिर्फ़ एहसास है ये, रूह से महसूस करो
प्यार को प्यार ही रहने दो, कोई नाम न दो
हमने देखी है

प्यार तस्वीर नहीं, प्यार शृंगार नहीं
एक बाती है, जो दीपक में जिया करती है
ये वो महफ़िल है, जो तन्हा नहीं होती है कभी
ये वो तन्हाई है महफ़िल जो किया करती है
सिर्फ़ एहसास है ये, रूह से महसूस करो
प्यार को प्यार ही रहने दो, कोई नाम न दो
हमने देखी है

□

गीत—गुलज़ार
संगीत—हेमंत कुमार
फिल्म—ख़ामोशी (1970)
निर्माता—हेमंत कुमार
निर्देशक—असित सेन

हमें तुमसे प्यार कितना

हमें तुमसे प्यार कितना, ये हम नहीं जानते
मगर जी नहीं सकते तुम्हारे बिना
हमें तुमसे प्यार

सुना ग़म जुदाई का उठाते हैं लोग
जाने ज़िंदगी कैसे बिताते हैं लोग
दिन भी यहाँ तो लगे बरस के समान
हमें इंतज़ार कितना, ये हम नहीं जानते
मगर जी नहीं सकते तुम्हारे बिना
हमें तुमसे प्यार

तुम्हारे ख़यालों में गुज़रता है दिन
तुम्हारी ही यादों में ठहरता है दिन
हर पल कहानी कोई बनी दास्तान
हमें है ख़ुमार कितना, ये हम नहीं जानते
मगर जी नहीं सकते तुम्हारे बिना
हमें तुमसे प्यार

चले जब अकेले भी सफ़र पे कहीं
बने आसमाँ तुम ही, बने तुम ज़मीं
हर इक नज़ारा लगे तेरा ही मुकाम
सफ़र यादगार कितना, ये हम नहीं जानते
मगर जी नहीं सकते तुम्हारे बिना
हमें तुमसे प्यार

तुम्हीं आरज़ू दिल की, तुम्हीं हर ख़ुशी
तुम्हीं चाँद भी दिल का, तुम्हीं चाँदनी
तुम ही इबादत तुम्हीं दिल का ख़ुदा
हमें ऐतबार कितना, ये हम नहीं जानते
मगर जी नहीं सकते तुम्हारे बिना
हमें तुमसे प्यार

□

गीत—मजरूह सुल्तानपुरी
संगीत—आर.डी. बर्मन
फिल्म—क़ुदरत (1981)
निर्माता—बी.एस. खन्ना
निर्देशक—चेतन आनंद

होंठों से छू लो तुम

होंठों से छू लो तुम मेरा गीत अमर कर दो
बन जाओ मीत मेरे मेरी प्रीत अमर कर दो
होंठों से छू लो तुम मेरा गीत अमर कर दो

ना उम्र की सीमा हो, ना जन्म का हो बंधन
जब प्यार करे कोई तो देखे केवल मन
नई रीत चलाकर तुम ये रीत अमर कर दो
ये रीत अमर कर दो, मेरा गीत अमर कर दो

बेताब निगाहें हैं, बेसब्र है ये धड़कन
तुमसे ही तसल्ली है, तुमसे ही मिटे उलझन
तुम आ के मुहब्बत की तासीर अमर कर दो
तासीर अमर कर दो, मेरा गीत अमर कर दो

हाथों की लक़ीरों में धुँधला सा मुक़द्दर है
कुछ रंग हैं बिखरे-से बेढंग-सा पैकर है
तस्वीर सजाकर तुम तक़दीर अमर कर दो
तक़दीर अमर कर दो, मेरा गीत अमर कर दो

आँखों की शिक़ायत है, ख़्वाबों के हुए हैं हम
देखा है तुम्हें जबसे दिल में है अलग मौसम
इक फूल खिलाकर तुम ताबीर अमर कर दो
ताबीर अमर कर दो, मेरा गीत अमर कर दो

ये गीत ग़ज़ल मेरे तुमसे ही हुए प्यारे
तुमसे ही मुक़म्मल हैं आशार मेरे सारे
अपना के मेरे नग़मे तामीर अमर कर दो
तामीर अमर कर दो, मेरा गीत अमर कर दो
□

गीत—इंदीवर
संगीत—जगजीत सिंह
फिल्म—प्रेमगीत (1981)
निर्माता—पवन कुमार, लखन सिन्हा
निर्देशक—सुदेश इस्सर

अभी-अभी

अभी-अभी तो मिले हो
अभी न करो छूटने की बात
अभी-अभी तो पसंद आए हो
अभी-अभी रूठने की बात
अभी-अभी तो रोशनी आई
अभी न करो मुँह छुपाने की बात
अभी-अभी ज़िंदगी शुरू है
अभी-अभी थम जाने की बात
हम तो हारे, माहिया रे
मूँदे नैना, नींद तिहारे

तेरी बाज़ुओं में मेरी चाहतें समाएँ
तेरी धड़कनों को मेरी धड़कनें सुनाएँ
तेरी ख़्वाहिशों से मेरी ख़्वाहिशें रिहा हैं
तेरी करवटों से मेरी दास्ताँ बयाँ है
क्या सुकूँ, क्या जुनूँ
हम नवा
हम तो हारे, माहिया रे
मूँदे नैना, नींद तिहारे

अभी-अभी दिल की सुनी है
अभी न करो ज़माने की बात
अभी-अभी बातें रुकी हैं
अभी-अभी दोहराने की बात
अभी-अभी आवारगी आई
अभी न करो सँभलने की बात
अभी-अभी ज़िंदगी शुरू है
अभी-अभी थम जाने की बात
वो सुबह तो बेवजह हो
कि गुज़रे बिन तुम्हारे जिसकी रात

तेरी ख़ुशबुओं से महकी हैं ये निगाहें
तेरी मंज़िलों को जाती हैं दिल की राहें
तेरी आरज़ू में मेरी हर ख़ुशी निहाँ है
तुझे पा लिया तो दुनिया में और क्या है
क्या सुकूँ, क्या जुनूँ
हम नवा
हम तो हारे, माहिया रे
मूँदे नैना, नींद तिहारे
अभी-अभी आँखों से पी है
अभी न करो मयकशी की बात
अभी-अभी महफ़िल सजी है
अभी-अभी ख़ामोशी की बात
अभी-अभी शम्मा जली है
अभी न करो पिघलने की बात
अभी-अभी ज़िंदगी शुरू है
अभी-अभी थम जाने की बात
ज़िंदगी वो बे-वफ़ा हो
कि जिसमें न लिखा हो तेरा साथ

रहें जब तलक ये साँसें तुझे जिएँ हम
हो ख़ुशी का दौर, चाहे हो ग़म का मौसम
तेरी इक नज़र से रंगत मेरी खिली है
तेरी पनाहों में मुझे ज़िंदगी मिली है
क्या सुकूँ, क्या जुनूँ
हम नवा
हम तो हारे, माहिया रे
मूँदे नैना, नींद तिहारे

□

गीत—मनीष मखीजा, आरको; संगीत—आरको; फिल्म—जिस्म 2 (2012)
निर्माता—डीनो मोरिया; निर्देशक—पूजा भट्ट

ये क़सूर मेरा है

ये क़सूर मेरा है कि यक़ीन किया है
दिल तेरे ही ख़ातिर रख छोड़ दिया है
तू ही सबसे क़रीब है मेरे
तू ही मेरा नसीब है, अब ये महसूस किया है
ये क़सूर मेरा है कि यक़ीन किया है
दिल तेरे ही ख़ातिर रख छोड़ दिया है

एक तू ही है दौलत मेरी
हासिल तू मेरा
कितनी है मुहब्बत तुझसे
बेहिसाब वफ़ा
हसरतों से बढ़कर अपनी चाहा तुझे हमेशा
ये क़सूर मेरा है कि यक़ीन किया है

दर-दर मैं भटका कब से
कुछ भी न मिला
खोया था मैं दुनिया से
मुझसे दुनिया
पाया तुझमें जब ख़ुद को
पाया है जहाँ
ये क़सूर मेरा है कि यक़ीन किया है

तुझे देखें जब-जब आँखें
कुछ ऐसा हुआ
जैसे काफ़िर दिल की भी
सुनता है ख़ुदा
धड़कनों से तेरी ख़ातिर
निकली यूँ दुआ
ये क़सूर मेरा है कि यक़ीन किया है

मंज़िल भी तू है मेरी
तू ही रास्ता
मछली और पानी जैसा
अपना रिश्ता
सोच के भी डर लगता है
तेरे बिना हूँ मैं क्या
ये क़सूर मेरा है कि यक़ीन किया है

□

गीत—मिथुन
संगीत—मिथुन
फिल्म—जिस्म 2 (2012)
निर्माता—डीनो मोरिया
निर्देशक—पूजा भट्ट

मुझे तुम मिल गए हमदम

मुझे तुम मिल गए हमदम सहारा हो तो ऐसा हो
जिधर देखूँ उधर तुम हो नज़ारा हो तो ऐसा हो

किसी का चाँद-सा चेहरा नज़र से चूम लेती हूँ
किसी का चाँद-सा चेहरा नज़र से चूम लेती हूँ
ख़ुशी की इंतहा ये है नशे में झूम लेती हूँ
नशे में झूम लेती हूँ
हुई तक़दीर भी रोशन सितारा हो तो ऐसा हो
जिधर देखूँ उधर तुम हो नज़ारा हो तो ऐसा हो
मुझे तुम मिल गए हमदम

बहुत नाराज़ थीं लहरें, भँवर में ज़िंदगानी थी
बहुत नाराज़ थीं लहरें, भँवर में ज़िंदगानी थी
तेरे साहिल पे न आती तो कश्ती डूब जानी थी
तो कश्ती डूब जानी थी
हुई हैं आशना मौजें, किनारा हो तो ऐसा हो
जिधर देखूँ उधर तुम हो नज़ारा हो तो ऐसा हो
मुझे तुम मिल गए हमदम

नहीं शिकवा कोई तुमसे, मुझे दिल से शिक़ायत है
नहीं शिकवा कोई तुमसे, मुझे दिल से शिक़ायत है
मेरी धड़कन से भी ज़्यादा इसे तुमसे मुहब्बत है
इसे तुमसे मुहब्बत है
पराया हो गया सबसे, तुम्हारा हो तो ऐसा हो
जिधर देखूँ उधर तुम हो नज़ारा हो तो ऐसा हो
मुझे तुम मिल गए हमदम

शुरू हो हर सुबह तुझसे, ख़तम हो रात तुझमें ही
शुरू हो हर सुबह तुझसे, ख़तम हो रात तुझमें ही
करे जो ज़िंदगी रोशन दिखा वो चाँद तुझमें ही
दिखा वो चाँद तुझमें ही
दुआ है ऐ सनम जीवन दुबारा हो तो ऐसा हो
जिधर देखूँ उधर तुम हो नज़ारा हो तो ऐसा हो
मुझे तुम मिल गए हमदम

□

गीत—हसरत जयपुरी
संगीत—शंकर-जयकिशन
फिल्म—लव इन टोक्यो (1966)
निर्माता—प्रमोद चक्रवर्ती
निर्देशक—प्रमोद चक्रवर्ती

•••

मरे जब ज़िंदगी पर हम तो जीना आ गया हमको
दवा कहकर ज़हर का घूँट पीना आ गया हमको
करूँ कैसे **शिक़ायत** इश्क़ में बर्बाद होने की
मुहब्बत ने किया आबाद भी मुझको बहुत ज़्यादा

•••

तेरे बिना ज़िंदगी से कोई

तेरे बिना ज़िंदगी से कोई, शिकवा तो नहीं
शिकवा नहीं, शिकवा नहीं, शिकवा नहीं
तेरे बिना ज़िंदगी भी लेकिन, ज़िंदगी तो नहीं
ज़िंदगी नहीं, ज़िंदगी नहीं, ज़िंदगी नहीं
तेरे बिना ज़िंदगी से शिकवा तो नहीं

काश ऐसा हो, तेरे क़दमों से
चुन के मंज़िल चलें, और कहीं, दूर कहीं
तुम गर साथ हो, मंज़िलों की कमी तो नहीं
तेरे बिना ज़िंदगी से कोई

एक ही बात, एक ही साथ
करके हम हँस पड़े उन दिनों, उन दिनों
साथ वो छूटा तो बातों में अब हँसी तो नहीं
तेरे बिना ज़िंदगी से कोई

तेरे जाने का ग़म नहीं है तो
और क्या बात है, आजकल क्यूँ मुझे
एक पल भी एक पल की ख़ुशी ही नहीं
तेरे बिना ज़िंदगी से कोई

तुम नहीं पास, एक एहसास
है मगर साथ में, हर घड़ी, हर कहीं
दिल में दुआएँ, आँख में आँसू, यूँ ही तो नहीं
तेरे बिना ज़िंदगी से कोई

रोज़ मिलता हूँ, रोज़ कहता हूँ
दिल की बातें तुम्हें, सुन सको तो सुनो
दिल की सदाएँ दूरियों में दबी तो नहीं
तेरे बिना ज़िंदगी से कोई

रात तन्हा है चाँद तन्हा है
ख़्वाब तन्हा मेरा, बिन तेरे बिन तेरे
एक पल को ज़िंदगी ये थमी तो नहीं
तेरे बिना ज़िंदगी से कोई

□

गीत—गुलज़ार
संगीत—आर.डी. बर्मन
फिल्म—आँधी (1975)
निर्माता—जे. ओमप्रकाश
निर्देशक—गुलज़ार

जाने वो कैसे लोग थे

जाने वो कैसे लोग थे जिनके
प्यार को प्यार मिला
हमने तो जब कलियाँ माँगी
काँटों का हार मिला
जाने वो कैसे लोग थे जिनके
प्यार को प्यार मिला

ख़ुशियों की मंज़िल ढूँढ़ी तो ग़म की गर्द मिली
चाहत के नग़मे चाहे तो आँहें सर्द मिली
दिल के बोझ को दूना कर गया जो ग़मख़्वार मिला
हमने तो जब कलियाँ माँगी काँटों का हार मिला
जाने वो कैसे लोग थे जिनके प्यार को प्यार मिला

दिल की ज़मीं से दूर हुई है चाँद की वो दुनिया
रात अँधेरी ढूँढ़ रही है ख़्वाब की वो गलियाँ
दिन के उजालों को मेरा बिखरा संसार मिला
हमने तो जब कलियाँ माँगी काँटों का हार मिला
जाने वो कैसे लोग थे जिनके प्यार को प्यार मिला

ख़त्म हुआ जब प्यार का क़िस्सा ख़त्म हुए हैं हम
मर न सके तो याद में हर पल दफ़्न हुए हैं हम
दर्द के सफ़हों में सिमटा तन्हा किरदार मिला
हमने तो जब कलियाँ माँगी काँटों का हार मिला
जाने वो कैसे लोग थे जिनके प्यार को प्यार मिला

मरते रहे हम, मिटते रहे हम, जलते रहे हर दिन
दरिया की तरह आँखों से बहते रहे हर दिन
साहिल पर कश्ती को इक ऐसा मँझधार मिला
हमने तो जब कलियाँ माँगी काँटों का हार मिला
जाने वो कैसे लोग थे जिनके प्यार को प्यार मिला
□

गीत—साहिर लुधियानवी
संगीत—एस.डी. बर्मन
फिल्म—प्यासा (1957)
निर्माता—गुरुदत्त
निर्देशक—गुरुदत्त

जाने क्यूँ लोग मुहब्बत

इस ज़माने में, इस मुहब्बत ने
कितने दिल तोड़े, कितने घर फूँके
जाने क्यूँ लोग मुहब्बत किया करते हैं
जाने क्यूँ लोग मुहब्बत किया करते हैं
दिल के बदले दर्द-ए-दिल लिया करते हैं
जाने क्यूँ लोग मुहब्बत किया करते हैं

तन्हाई मिलती है, महफ़िल नहीं मिलती
राहे मुहब्बत में कभी मंज़िल नहीं मिलती
दिल टूट जाता है, नाकाम होता है
उल्फ़त में लोगों का यही अंजाम होता है
कोई क्या जाने, क्यूँ ये परवाने
क्यूँ मचलते हैं, ग़म में जलते है
आहें भर-भर के दीवाने जिया करते हैं
आहें भर-भर के दीवाने जिया करते हैं
जाने क्यूँ लोग मुहब्बत किया करते हैं

ख़्वाबों में रहते हैं, सच से मुकरते हैं
क्या सोचके हर पल वो सजते हैं, सँवरते हैं
जब ख़्वाब टूटे तो बेज़ार होते हैं
हर वक़्त मरने के लिए तैयार होते हैं
क्यूँ ये बेचारे, दर्द के मारे
हर क़सम खाके, हर सज़ा पाके
ख़ुदकुशी फिर भी दुबारा किया करते हैं
ख़ुदकुशी फिर भी दुबारा किया करते हैं
जाने क्यूँ लोग मुहब्बत किया करते हैं

उम्मीद की ऐसी दुनिया बसाते हैं
वो आशियाँ अपना सितारों पर बनाते हैं
जब आसमाँ टूटे बिजली गिरे दिल पे
इल्ज़ाम इस अंजाम का देते हैं क़ातिल पे
इस तबाही पे, किस सफ़ाई से
ख़ुद ख़ता करके, रब को जी भरके
बद्दुआ शामो-सहर क्यूँ दिया करते हैं
बद्दुआ शामो-सहर क्यूँ दिया करते हैं
जाने क्यूँ लोग मुहब्बत किया करते हैं

□

गीत—आनंद बख़्शी
संगीत—लक्ष्मीकांत-प्यारेलाल
फिल्म—महबूब की मेहँदी (1971)
निर्माता—एच.एस. रवैल
निर्देशक—एच.एस. रवैल

अगर दिलबर की रुसवाई

अगर दिलबर की रुसवाई हमें मंज़ूर हो जाए
सनम तू बेवफ़ा के नाम से मशहूर हो जाए

हमें फ़ुरसत नहीं मिलती
हमें फ़ुरसत नहीं मिलती कभी आँसू बहाने से
कई ग़म पास आ बैठे
कई ग़म पास आ बैठे तेरे एक दूर जाने से
तेरे एक दूर जाने से
अगर तू पास आ जाए तो हर ग़म दूर हो जाए
सनम तू बेवफ़ा के नाम से मशहूर हो जाए

सुना मत दास्ताँ मेरी
सुना मत दास्ताँ मेरी सरे-महफ़िल ज़माने को
जहाँ पर हुस्न बैठा हो
जहाँ पर हुस्न बैठा हो तरीक़े आज़माने को
तरीक़े आज़माने को
कहीं ऐसा न हो दिल तोड़ना दस्तूर हो जाए
सनम तू बेवफ़ा के नाम से मशहूर हो जाए

दवा के नाम पर मैंने
दवा के नाम पर मैंने हज़ारों ज़ख़्म खाए हैं
कोई मरहम नहीं इसका
कोई मरहम नहीं इसका ज़माना ढूँढ़ आए हैं
ज़माना ढूँढ़ आए हैं
तेरी यादों की रहमत है, अगर दिल नासूर हो जाए
सनम तू बेवफ़ा के नाम से मशहूर हो जाए

क्यूँ हल्की चोट देते हो
क्यूँ हल्की चोट देते हो तुम्हें परवाह किसकी है
डरो मत दिल से गर मेरे
डरो मत दिल से गर मेरे ज़रा सी आह निकली है
ज़रा सी आह निकली है
लहू निकले जिगर पे चोट ऐसी भरपूर हो जाए
सनम तू बेवफ़ा के नाम से मशहूर हो जाए

□

गीत—आनंद बख्शी
संगीत—लक्ष्मीकांत-प्यारेलाल
फिल्म—खिलौना (1970)
निर्माता—एल.वी. प्रसाद
निर्देशक—चंदर वोहरा

तुम मुझे यूँ

तुम मुझे यूँ भुला ना पाओगे
जब कभी भी सुनोगे गीत मेरे
संग-संग तुम भी गुनगुनाओगे
तुम मुझे यूँ

वो बहारें, वो चाँदनी रातें
हमने की थीं जो प्यार की बातें
उन नज़ारों की याद आएगी
जब ख़यालों में मुझको लाओगे
तुम मुझे यूँ

मुझसे छुप-छुप के बात करते थे
रोज़ नज़रें चुरा के महफ़िल से
बात मुझसे करोगे फिर जब तुम
सारी दुनिया से ऊब जाओगे
तुम मुझे यूँ

कैसे भूलोगे तुम मेरी बाँहें
जिसने हर दिन गले लगाया था
जब भी बदलोगे करवटें दिलबर
बेख़याली में मुस्कराओगे
तुम मुझे यूँ

याद आएगा वो सफ़र अपना
रोज़ मंज़िल पे साथ पहुँचे थे
तुम किसी राह भी चलो लेकिन
मुझ तलक लौटकर ही आओगे
तुम मुझे यूँ

हर सुबह प्यार की वो सौग़ातें
शाम दिलकश, वो हमनशीं रातें
तुमको परवाना याद आएगा
जब कभी तुम शमा जलाओगे
तुम मुझे यूँ

□

गीत—हसरत जयपुरी
संगीत—शंकर-जयकिशन
फिल्म—पगला कहीं का (1970)
निर्माता—अजीत चक्रवर्ती
निर्देशक—शक्ति सामंत

ग़ैरों पे करम

ग़ैरों पे करम अपनों पे सितम
ऐ जान-ए-वफ़ा ये ज़ुल्म न कर
रहने दे अभी थोड़ा सा भरम
ऐ जान-ए-वफ़ा ये ज़ुल्म न कर
ग़ैरों पे करम अपनों पे सितम

हम चाहनेवाले हैं तेरे
यूँ हमको जलाना ठीक नहीं
महफ़िल में तमाशा बन जाएँ
इस दर्जा सताना ठीक नहीं
मर जाएँगे हम, मिट जाएँगे हम
ऐ जान-ए-वफ़ा ये ज़ुल्म न कर
ग़ैरों पे करम अपनों पे सितम
ऐ जान-ए-वफ़ा ये ज़ुल्म न कर
ये ज़ुल्म न कर

ऐसे तो निगाहें मत फेरो
ऐसे न बनो अनजान सनम
एक दिन था मिले बिन चैन न था
एक पल को न था आराम सनम
एक पल में शुरू एक पल में ख़तम
ऐ जान-ए-वफ़ा ये ज़ुल्म न कर
ग़ैरों पे करम अपनों पे सितम
ऐ जान-ए-वफ़ा ये ज़ुल्म न कर
ये ज़ुल्म न कर

दुनिया के लिए दुनिया होगी
तुम मेरे लिए मेरी दुनिया
आँसू हैं निगाहों में तुमसे
तुमसे ही मेरी सारी ख़ुशियाँ
अब यूँ न बनो पत्थर के सनम
ऐ जान-ए-वफ़ा ये ज़ुल्म न कर
ग़ैरों पे करम अपनों पे सितम
ऐ जान-ए-वफ़ा ये ज़ुल्म न कर
ये ज़ुल्म न कर

दिल धड़का था जिसकी नज़रों पे
वो सारे नज़ारे रूठ गए
कहना न किसी से वो क़िस्से
किस तरह से वादे टूट गए
उल्फ़त पे यक़ीं हो जाए न कम
ऐ जान-ए-वफ़ा ये ज़ुल्म न कर
ग़ैरों पे करम अपनों पे सितम
ऐ जान-ए-वफ़ा ये ज़ुल्म न कर
ये ज़ुल्म न कर

□

गीत—साहिर लुधियानवी
संगीत—रवि
फिल्म—आँखें (1968)
निर्माता—रामानंद सागर
निर्देशक—रामानंद सागर

दुनिया बनानेवाले

दुनिया बनानेवाले क्या तेरे मन में समाई
काहे को दुनिया बनाई तूने काहे को दुनिया बनाई

काहे बनाए तूने माटी के पुतले
धरती ये प्यारी-प्यारी मुखड़े ये उजले
काहे बनाया तूने दुनिया का खेला
जिसमें लगाया जवानी का मेला
गुपचुप तमाशा देखे
वाह रे तेरी ख़ुदाई
काहे को दुनिया बनाई
तूने काहे को दुनिया बनाई
दुनिया बनानेवाले

देकर जुदाई तूने रोग लगाया
नींदें उड़ाई तूने
होश चुराया
ऐसे वीरानों में है दुनिया का रेला
कोई दीवाना होके भटका अकेला
मर-मर के जीना होगा
कैसी है तेरी रिहाई
काहे को दुनिया बनाई
तूने काहे को दुनिया बनाई
दुनिया बनानेवाले

तुझमें ही मिलती होगी रूह निकल के
आग में तप के
ख़ाक में मिल के
तुझमें ही होगा अपना थोड़ा सा हिस्सा
जिसमें लिखेंगे अपने जीवन का क़िस्सा
सागर में मिलना था तो
काहे को नदिया बहाई
काहे को दुनिया बनाई
तूने काहे को दुनिया बनाई
दुनिया बनानेवाले

□

गीत—शैलेंद्र
संगीत—शंकर-जयकिशन
फिल्म—तीसरी कसम (1966)
निर्माता—शैलेंद्र
निर्देशक—बासु भट्टाचार्य

दुश्मन न करे

दुश्मन न करे दोस्त ने वो काम किया है
उम्र भर का ग़म हमें इनाम दिया है

तूफ़ाँ में हमको छोड़ के साहिल पे आ गए
नाख़ुदा का
नाख़ुदा का हमने जिन्हें नाम दिया है
उम्र भर का ग़म हमें इनाम दिया है

बनकर चिराग़ आए थे मिटाने तीरगी
घर को जला के
घर को जला के रोशनी का नाम दिया है
उम्र भर का ग़म हमें इनाम दिया है

मरता है कौन दर्द-ए-जुदाई में डूबकर
लोगों ने यूँ ही
लोगों ने यूँ ही इश्क़ को बदनाम किया है
उम्र भर का ग़म हमें इनाम दिया है

चाहा नहीं था हमने मगर क्यूँ गिला करें
जब दिल को इसी
जब दिल को इसी दर्द ने आराम दिया है
उम्र भर का ग़म हमें इनाम दिया है

उनकी ख़ुशी है छोड़के तन्हा चले गए
मुझको तो मेरी
मुझको तो मेरी मौत ने नाकाम किया है
उम्र भर का ग़म हमें इनाम दिया है

□

गीत—इंदीवर
संगीत—राजेश रोशन
फिल्म—आखिर क्यों? (1985)
निर्माता—जे. ओमप्रकाश
निर्देशक—जे. ओमप्रकाश

मुझे दर्द-ए-दिल का

मुझे दर्द-ए-दिल का पता न था
मुझे आप किसलिए मिल गए
मैं अकेले यूँ ही मज़े में था
मुझे आप किसलिए मिल गए

यूँ ही अपने-अपने सफ़र में गुम
कहीं दूर मैं, कहीं दूर तुम
चले जा रहे थे जुदा-जुदा
मुझे आप किसलिए मिल गए
मैं अकेले यूँ ही मज़े में था
मुझे आप किसलिए मिल गए

मुझे ज़ख़्म दिल पे मिला भी था
मुझे ज़िंदगी से गिला भी था
था गिला भी था
हाँ मगर मैं ख़ुद से ख़फ़ा न था
मुझे आप किसलिए मिल गए
मैं अकेले यूँ ही मज़े में था
मुझे आप किसलिए मिल गए

न ख़ुशी की छाँव थी ज़िंदगी
न ही ग़म की धूप में थी जली
न ही थी जली
मेरी ज़िंदगी न थी बेवफ़ा
मुझे आप किसलिए मिल गए
मैं अकेले यूँ ही मज़े में था
मुझे आप किसलिए मिल गए

थीं तमाम रातें बुझी हुईं
न ही चाँद था, न ही चाँदनी
न ही चाँदनी
कभी सारी रात जला न था
मुझे आप किसलिए मिल गए
मैं अकेले यूँ ही मज़े में था
मुझे आप किसलिए मिल गए

□

गीत—मजरूह सुल्तानपुरी
संगीत—चित्रगुप्त
फिल्म—आकाशदीप (1965)
निर्माता—फणी मजूमदार
निर्देशक—फणी मजूमदार

मेरा तो जो भी क़दम है

मेरा तो जो भी क़दम है वो तेरी राह में है
मेरा तो जो भी क़दम है वो तेरी राह में है
के तू कहीं भी
के तू कहीं भी रहे तू मेरी निगाह में है

खरा है दर्द का रिश्ता तो फिर जुदाई क्या
जुदा तो होते हैं वो खोट जिनकी चाह में है
मेरा तो जो भी क़दम है वो तेरी राह में है
के तू कहीं भी रहे तू मेरी निगाह में है

सुकून ढूँढ़ता फिरता भटक रहा हूँ मैं
मिला नहीं है कहीं जो तेरी पनाह में है
मेरा तो जो भी क़दम है वो तेरी राह में है
के तू कहीं भी रहे तू मेरी निगाह में है

सज़ा मिली है इबादत की आज फिर मुझको
के आज फिर से मुहब्बत मेरे गुनाह में है
मेरा तो जो भी क़दम है वो तेरी राह में है
के तू कहीं भी रहे तू मेरी निगाह में है

मैं ही न भूल सका दर्द-ए-ज़िंदगी वरना
मेरी ख़ुशी तो हमेशा तेरी सलाह में है
मेरा तो जो भी क़दम है वो तेरी राह में है
के तू कहीं भी रहे तू मेरी निगाह में है

दुआ करो कि तेरा दर्द हो क़यामत तक
मेरा सुकून-ए-मुहब्बत इसी कराह में है
मेरा तो जो भी क़दम है वो तेरी राह में है
के तू कहीं भी रहे तू मेरी निगाह में है

□

गीत—मजरूह सुल्तानपुरी
संगीत—लक्ष्मीकांत-प्यारेलाल
फिल्म—दोस्ती (1964)
निर्माता—सत्येन बोस
निर्देशक—ताराचंद बड़जात्या

मैं तो हर मोड़ पर

मैं तो हर मोड़ पर तुझको दूँगा सदा
मेरी आवाज़ को दर्द के साज़ को
तू सुने ना सुने
मैं तो हर मोड़ पर तुझको दूँगा सदा

मुझे देखकर कह रहे हैं सभी
मुहब्बत का हासिल है दीवानगी
प्यार की राह में, फूल भी थे मगर
मैंने काँटे चुने
मैं तो हर मोड़ पर तुझको दूँगा सदा
मेरी आवाज़ को दर्द के साज़ को
तू सुने ना सुने
मैं तो हर मोड़ पर तुझको दूँगा सदा

मैं ख़ुश हूँ तुझे हर ख़ुशी मिल गई
मुहब्बत में चाहा था मैंने यही
ग़म नहीं गर मेरे दर्द बढ़ते हुए
हो गए सौ गुने
मैं तो हर मोड़ पर तुझको दूँगा सदा
मेरी आवाज़ को दर्द के साज़ को
तू सुने ना सुने
मैं तो हर मोड़ पर तुझको दूँगा सदा

तुझे देखते ही तेरा हो गया
मेरा दिल न जाने कहाँ खो गया
है तेरा फ़ैसला तू मेरी दास्ताँ
अब बने ना बने
मैं तो हर मोड़ पर तुझको दूँगा सदा
मेरी आवाज़ को दर्द के साज़ को
तू सुने ना सुने
मैं तो हर मोड़ पर तुझको दूँगा सदा

भले तू हमेशा रहे बे-क़दर
तेरा साथ दूँगा मैं सारी उमर
मौत भी आ गई तो मिलूँगा उसे
मैं तेरे सामने
मैं तो हर मोड़ पर तुझको दूँगा सदा
मेरी आवाज़ को दर्द के साज़ को
तू सुने ना सुने
मैं तो हर मोड़ पर तुझको दूँगा सदा

□

गीत—नक़्श लायलपुरी
संगीत—सपन जगमोहन
फिल्म—चेतना (1970)
निर्माता—आई.एम. कुन्नू
निर्देशक—बी.आर. इशारा

या दिल की सुनो

या दिल की सुनो दुनियावालो
या मुझको अभी चुप रहने दो
मैं ग़म को ख़ुशी कैसे कह दूँ
जो कहते हैं उनको कहने दो
या दिल की सुनो दुनियावालो

ये फूल चमन में कैसा खिला
माली की नज़र में प्यार नहीं
हँसते हुए क्या-क्या देख लिया
अब बहते हैं आँसू बहने दो
या दिल की सुनो दुनियावालो

जब दिल में मुहब्बत बाक़ी नहीं
हर बात महज़ इक शोर लगे
अश्क़ों की ज़ुबाँ कुछ भी न कहो
ख़ामोश ही इनको बहने दो
या दिल की सुनो दुनियावालो

एक राज़ बनाकर रक्खा मुझे
एहसास पे उनको नाज़ नहीं
महफ़िल में बुलाना ठीक न हो
तो मुझको यूँ ही गुम रहने दो
या दिल की सुनो दुनियावालो

जीने का सलीक़ा ऐसा हुआ
ख़ुशियों में ख़ुशी की बात नहीं
अब दिल की दरारें कौन भरे
चेहरे पे ग़मों को तहने दो
या दिल की सुनो दुनियावालो

एक प्यार की दुनिया ऐसी मिली
मिलने की कोई उम्मीद नहीं
ख़्वाबों के महल में कौन रहे
बरसात में इनको ढहने दो
या दिल की सुनो दुनियावालो

□

गीत—कैफ़ी आज़मी
संगीत—हेमंत कुमार
फिल्म—अनुपमा (1966)
निर्माता—एल.बी. लक्ष्मण
निर्देशक—ऋषिकेश मुखर्जी

ये मेरा दीवानापन है

दिल से तुझको बेदिली है मुझको है दिल का ग़ुरूर
तू ये माने के ना माने लोग मानेंगे ज़ुरूर
ये मेरा दीवानापन है या मुहब्बत का सुरूर
तू ना पहचाने तो है ये तेरी नज़रों का क़ुसूर
ये मेरा दीवानापन है

दिल को तेरी ही तमन्ना दिल को है तुझसे ही प्यार
चाहे तू आए ना आए, हम करेंगे इंतज़ार
ये मेरा दीवानापन है या मुहब्बत का सुरूर
तू ना पहचाने तो है ये तेरी नज़रों का क़ुसूर
ये मेरा दीवानापन है

तुझको ख़ुशहाली मुबारक, मुझको मेरी बे-दिली
है सज़ा मंज़ूर जो भी बे-गुनाही में मिली
ये मेरा दीवानापन है या मुहब्बत का सुरूर
तू ना पहचाने तो है ये तेरी नज़रों का क़ुसूर
ये मेरा दीवानापन है

बाग़ उजड़ा है, चमन में गर कोई माली नहीं
दिल में ग़म भी क्या बुरा है, कम-से-कम ख़ाली नहीं
ये मेरा दीवानापन है या मुहब्बत का सुरूर
तू ना पहचाने तो है ये तेरी नज़रों का क़ुसूर
ये मेरा दीवानापन है

एक दिन एहसास होगा एक दिन समझोगे प्यार
संग में रब ढूँढ़ता हूँ करके दिल पे ऐतबार
ये मेरा दीवानापन है या मुहब्बत का सुरूर
तू ना पहचाने तो है ये तेरी नज़रों का क़ुसूर
ये मेरा दीवानापन है

हिज्र का शिकवा नहीं है न क़यामत से गिला
दिल है तो चलता रहेगा टूटने का सिलसिला
ये मेरा दीवानापन है या मुहब्बत का सुरूर
तू ना पहचाने तो है ये तेरी नज़रों का क़ुसूर
ये मेरा दीवानापन है

☐

गीत—शैलेंद्र
संगीत—शंकर-जयकिशन
फिल्म—यहूदी (1958)
निर्माता—सवक बी. वाचा
निर्देशक—बिमल रॉय

रहते थे कभी

रहते थे कभी जिनके दिल में
हम जान से भी प्यारों की तरह
बैठे हैं उन्हीं के कूचे में हम
आज गुनहगारों की तरह
रहते थे कभी जिनके दिल में

दावा था जिन्हें हमदर्दी का
ख़ुद आके न पूछा हाल कभी
महफ़िल में बुलाया है हम पे
हँसने को सितमगारों की तरह
रहते थे कभी जिनके दिल में

क़ीमत ही न जानी तब मेरी
जब मुफ़्त न्योछावर थे तुम पर
बाज़ार में जब हम बैठ गए
तुम आए ख़रीदारों की तरह
रहते थे कभी जिनके दिल में

कहते थे मुहब्बत करते हैं
दो जिस्म मगर इक जान हैं हम
अँधियारे हुए तो बिखरे हैं
आकाश के उन तारों की तरह
रहते थे कभी जिनके दिल में

जिस आन में ठुकराया मुझको
बाज़ार में सब नीलाम हुई
अब रोज़ ख़बर में बिकते हैं
वो मुफ़्त के अख़बारों की तरह
रहते थे कभी जिनके दिल में

जो दर्द जगाया था तुमने
उसकी तो दवा तुम कर न सके
एहसान तुम्हारा चारागर
हम चलते हैं अफ़गारों की तरह
रहते थे कभी जिनके दिल में

□

गीत—मजरूह सुल्तानपुरी
संगीत—रोशन
फिल्म—ममता (1966)
निर्माता—चारु चित्रा
निर्देशक—असित सेन

रुलाकर चल दिए

रुलाकर चल दिए एक दिन
हँसी बनकर जो आए थे
चमन रो-रो के कहता है
कभी गुल मुस्कराए थे
रुलाकर चल दिए एक दिन

अगर दिल की ज़ुबाँ होती
ये ग़म कुछ कम तो हो जाता
उधर वो चुप, इधर सीने में हम तूफ़ाँ छुपाए थे
चमन रो-रो के कहता है, कभी गुल मुस्कराए थे
रुलाकर चल दिए एक दिन

बहुत ख़ामोश है साहिल
समुंदर है उदासी में
कि सारे ख़्वाब हैं डूबे, जो उल्फ़त ने दिखाए थे
चमन रो-रो के कहता है, कभी गुल मुस्कराए थे
रुलाकर चल दिए एक दिन

वो धुन ही खो गई एक दिन
जो रूठा साज़ धड़कन से
भुला बैठा मैं वो नग़मे जो दिल ने गनगुनाए थे
चमन रो-रो के कहता है, कभी गुल मुस्कराए थे
रुलाकर चल दिए एक दिन

लिखावट थी हसीं इतनी
कि बेख़ुद हो गई आँखें
मैं चेहरा पढ़ नहीं पाया वो जब नज़दीक आए थे
चमन रो-रो के कहता है, कभी गुल मुस्कराए थे
रुलाकर चल दिए एक दिन

वो ख़त लौटे लहू से जो
लिखे थे इन निगाहों ने
सही भी है कि उनके घर ये मेहमाँ बिन बुलाए थे
चमन रो-रो के कहता है, कभी गुल मुस्कराए थे
रुलाकर चल दिए एक दिन

□

गीत—शैलेंद्र
संगीत—शंकर-जयकिशन
फिल्म—बादशाह (1954)
निर्माता—अमिया चक्रवर्ती
निर्देशक—अमिया चक्रवर्ती

रुला के गया सपना मेरा

रुला के गया सपना मेरा
रुला के गया सपना मेरा
बैठी हूँ कब हो सवेरा
रुला के गया सपना मेरा

वही है ग़म-ए-दिल, वही हैं चंदा-तारे
हाय, वही हम बेसहारे
आधी रात वही है, और हर बात वही है
फिर भी न आया लुटेरा
रुला के गया सपना मेरा
बैठी हूँ कब हो सवेरा
रुला के गया सपना मेरा

नहीं है कोई जो कह दे हमें, साथी
दीया तू है मैं बाती
कोई साथ नहीं है, ग़म की बात यही है
साया भी आया अकेला
रुला के गया सपना मेरा
बैठी हूँ कब हो सवेरा
रुला के गया सपना मेरा

मिला न साहिल, मिला न कोई माँझी
मेरी नैया यूँ टूटी
दरिया डूब रहा है यूँ बेज़ार घटा है
उसपे हवा का थपेड़ा
रुला के गया सपना मेरा
बैठी हूँ कब हो सवेरा
रुला के गया सपना मेरा

न जाने कहाँ हम, न जाने कहाँ वो खोए
जगे सपने, दिल रोए
हर पल याद किया है, ये फ़रियाद किया है
कोई मुहब्बत करे ना
रुला के गया सपना मेरा
बैठी हूँ कब हो सवेरा
रुला के गया सपना मेरा

□

गीत—शैलेंद्र
संगीत—एस.डी. बर्मन
फिल्म—ज्वेल थीफ़ (1967)
निर्माता—देव आनंद
निर्देशक—विजय आनंद

लाखों तारे आसमान में

लाखों तारे आसमान में
एक मगर ढूँढ़े ना मिला
देख के दुनिया की दीवाली
दिल मेरा चुपचाप जला

क़िस्मत का है नाम मगर है
काम ये दुनिया वालों का
फूँक दिया है चमन हमारे
ख़्वाबों और ख़यालों का
जी करता है ख़ुद ही घोंट दें
अपने अरमानों का गला
देख के दुनिया की दीवाली
दिल मेरा चुपचाप जला

नींद अगर रूठी आँखों से
ख़्वाब कहाँ से देखें हम
ख़्वाब ही मिलने का ज़रिया था
रोज़ सुबह तक जागे हम
फ़ुर्सत का लम्हा जब आया
तब मिलने का वक़्त टला
देख के दुनिया की दीवाली
दिल मेरा चुपचाप जला

जाने क्यूँ होता है ऐसा
लेकिन होता है अकसर
खुलती हैं आँखें तब ही जब
लगती है दिल पर ठोकर
दिल के हुए हैं सौ-सौ टुकड़े
प्यार ने जब इक बार छला
देख के दुनिया की दीवाली
दिल मेरा चुपचाप जला

दिल ने जिसको चाहा जितना
उतना उसको खो बैठा
अपना समझा जब जिसको भी
वो ही पराया हो बैठा
सारी उमर फिर इन आँखों में
बनके वही अरमान पला
देख के दुनिया की दीवाली
दिल मेरा चुपचाप जला

आख़िर मैंने कर ही डाला
ग़म से अपने समझौता
माना थोड़ा ज़िद्दी है पर
दिल है मेरा इकलौता
उनकी ख़ुशी उनको ही मुबारक
दर्द मुझे मेरा है भला
देख के दुनिया की दीवाली
दिल मेरा चुपचाप जला

□

गीत—हसरत जयपुरी
संगीत—शंकर-जयकिशन
फ़िल्म—हरियाली और रास्ता (1962)
निर्माता—शंकर भाई भट्ट
निर्देशक—विजय भट्ट

वक़्त ने किया

वक़्त ने किया क्या हसीं सितम
तुम रहे न तुम, हम रहे न हम
वक़्त ने किया क्या हसीं सितम
तुम रहे न तुम हम रहे न हम
वक़्त ने किया

बेक़रार दिल इस तरह मिले
जिस तरह कभी हम जुदा न थे
तुम भी खो गए, हम भी खो गए
एक राह पर चल के दो क़दम
वक़्त ने किया

दिन बदल गए, रुत बदल गई
दिल की आरज़ू ख़ुद बदल गई
क्या गिला करें, क्यूँ ख़फ़ा रहें
टूटना ही था ख़्वाब का भरम
वक़्त ने किया

उम्र कट गई इंतज़ार में
जाँ लुटा दिया ऐतबार में
इस जनम नहीं उस जनम सही
दिल में जी रही आस कम-से-कम
वक़्त ने किया

एक दिन वो था तुम हुए मेरे
एक दिन ये है ख़ुद का मैं नहीं
एक जान थे, एक बात पे
जो था दरमियाँ सब हुआ ख़तम
वक़्त ने किया

सोचते रहे क्यूँ सज़ा मिली
क्या ख़ता हुई, कुछ पता नहीं
आँसुओं में क्यूँ डूबता नहीं
दिल से बह रहा दर्द बेरहम
वक़्त ने किया

□

गीत—कैफ़ी आज़मी
संगीत—एस.डी. बर्मन
फिल्म—कागज़ के फूल (1956)
निर्माता—गुरुदत्त
निर्देशक—गुरुदत्त

शीशा हो या दिल हो

शीशा हो या दिल हो आख़िर, टूट जाता है
लब तक आते-आते, हाथों से साग़र छूट जाता है
शीशा हो या दिल हो

काफी बस अरमान नहीं, कुछ मिलना आसान नहीं
दुनिया की मजबूरी है, फिर तक़दीर ज़रूरी है
ये दो दुश्मन हैं ऐसे, दोनों राज़ी हों कैसे
एक को मनाओ तो दूजा
रूठ जाता है
शीशा हो या दिल हो

चिट्ठी एक पुरानी है, हर इक लफ़्ज़ कहानी है
सूखे फूल हैं, आँसू हैं, बीते वक़्त की ख़ुशबू है
अपनी-अपनी बातें हैं, अपनी-अपनी यादें हैं
कोई मुस्कराता है कोई
टूट जाता है
शीशा हो या दिल हो

दुनिया एक नज़रिया है, सहरा रेत का दरिया है
इसमें धूप है, छाया भी, है बैराग भी, माया भी
अपनी-अपनी क़िस्मत है, अपनी-अपनी हिम्मत है
कोई पार जाता है कोई
डूब जाता है
शीशा हो या दिल हो

पाना सिर्फ़ दिलासा है, एक पल बाद हताशा है
जीने को सौ साल सही, होता वक़्त ज़रा सा है
अपने-अपने मतलब से, अपने-अपने मक़सद से
कोई पास आता है कोई
दूर जाता है
शीशा हो या दिल हो

□

गीत—आनंद बख्शी
संगीत—लक्ष्मीकांत-प्यारेलाल
फिल्म—आशा (1980)
निर्माता—जे. ओमप्रकाश
निर्देशक—जे. ओमप्रकाश

हज़ार राहें मुड़ के देखीं

हज़ार राहें मुड़ के देखीं
कहीं से कोई सदा न आई
बड़ी वफ़ा से निभाई तुमने
हमारी थोड़ी सी बेवफ़ाई

जहाँ से तुम मोड़ मुड़ गए थे
ये मोड़ अब भी वहीं पड़े हैं
हम अपने पैरों में जाने कितने
भँवर लपेटे हुए खड़े हैं
बड़ी वफ़ा से निभाई तुमने
हमारी थोड़ी सी बेवफ़ाई

तुम्हें नहीं है मेरी ज़रूरत
हमें तुम्हारी ही आरज़ू है
मुझे यही ख़ौफ़ था हमेशा
मेरी मुहब्बत मेरा जुनूँ है
बड़ी वफ़ा से निभाई तुमने
हमारी थोड़ी सी बेवफ़ाई

तुम्हारी ख़ुशियाँ तुम्हें मुबारक
हमारा हर ग़म हमें भला है
किए जो तुमने वो फ़ैसले थे
जो दरमियाँ है, वो फ़ासला है
बड़ी वफ़ा से निभाई तुमने
हमारी थोड़ी सी बेवफ़ाई

तुम्हारी दुनिया में अब नहीं हम
हमारी दुनिया हुई है ख़ाली
न एक पल को रुके ये आँसू
तमाम तरक़ीबें आज़मा लीं
बड़ी वफ़ा से निभाई तुमने
हमारी थोड़ी सी बेवफ़ाई

□

गीत—गुलज़ार
संगीत—खय्याम
फिल्म—थोड़ी सी बेवफ़ाई (1980)
निर्माता—नंद मिरानी श्रीचंद असरानी
निर्देशक—इस्माइल श्रॉफ

हम थे जिनके सहारे

हम थे जिनके सहारे
वो हुए न हमारे
डूबी जब दिल की नैया
सामने थे किनारे
हम थे जिनके सहारे

क्या मुहब्बत के वादे
क्या वफ़ा के इरादे
रेत की हैं दीवारें
जो भी चाहे गिरा दे
हम थे जिनके सहारे

इश्क़ की बद्दुआ है
नींद न रास आए
रात जो ख़्वाब देखे
वो सुबह टूट जाए
हम थे जिनके सहारे

ये सज़ा जो मिली है
कुछ ख़ता तो हुई है
है ग़लत कौन जाने
कौन जाने सही है
हम थे जिनके सहारे

चार दिन की कहानी
प्यार आँखों का पानी
रोती रहेंगी निगाहें
बाक़ी बची ज़िंदगानी
हम थे जिनके सहारे

□

गीत—इंदीवर
संगीत—कल्याणजी-आनंदजी
फिल्म—सफ़र (1970)
निर्माता—मुशीर-रियाज़
निर्देशक—असित सेन

छोड़ दे सारी दुनिया

छोड़ दे सारी दुनिया किसी के लिए
ये मुनासिब नहीं आदमी के लिए
प्यार से भी ज़रूरी कई काम हैं
प्यार सब कुछ नहीं ज़िंदगी के लिए

तन से तन का मिलन हो न पाया तो क्या
मन से मन का मिलन कोई कम तो नहीं
ख़ुशबू आती रहे दूर ही से सही
सामने हो चमन कोई कम तो नहीं
चाँद मिलता नहीं सबको संसार में
है दीया ही बहुत रोशनी के लिए
छोड़ दे सारी दुनिया किसी के लिए

गीत—इंदीवर
संगीत—कल्याणजी-आनंदजी
फिल्म—सरस्वती चंद्र (1968)
निर्माता—विवेक
निर्देशक—गोविंद सराइया

दर्द सबके मुक़द्दर में दाख़िल हुआ
एक तुम्हारे ही दिल पे सितम तो नहीं
दौर आता है सब पे मुसीबत भरा
वक़्त तुम पर अधिक बेरहम तो नहीं
तुमको आँसू मिले, लोग ऐसे भी हैं
जो तरस कर मरे हैं नमी के लिए
छोड़ दे सारी दुनिया किसी के लिए

इतनी शिद्दत से तुमने मुहब्बत किया
तुम ख़ुदा को ख़ुदा क्यूँ बनाते नहीं
ख़ुद से नाराज़गी छोड़कर आज तुम
रूठे पत्थर को फिर क्यूँ मनाते नहीं
प्यार न भी मिले तो परेशाँ हो क्यूँ?
जब इबादत भी है इस जबीं के लिए
छोड़ दे सारी दुनिया किसी के लिए

ज़िंदगी में कहीं कुछ मुक़म्मल नहीं
प्यास में डूबता है समुंदर यहाँ
दिल में एहसास बाक़ी नहीं है अगर
सूनी है ये ज़मीं, सूना है आसमाँ
पहले ख़ुद ही बनो देने वाली नज़र
फिर शिक़ायत करो हर कमी के लिए
छोड़ दे सारी दुनिया किसी के लिए

तुम ही तन्हा अकेले नहीं हो यहाँ
चाँद तन्हा चला उम्रभर रात में
रोज़ तन्हा सितारा गिरा टूट के
कोई मरता नहीं उसके जज़्बात में
तुम अकेले ही तो आए संसार में
तुम चलो भी अकेले ख़ुदी के लिए
छोड़ दे सारी दुनिया किसी के लिए

□

ये प्यार था

ये प्यार था या कुछ और था
ये प्यार था या कुछ और था
न तुझे पता, न मुझे पता
ये निगाहों का ही क़ुसूर था
न तेरी ख़ता, न मेरी ख़ता
ये प्यार था

तेरे सुख की सेज सजी रहे
मेरी उम्र भी तुझे जा लगे
मैं दुआएँ देने में चूर था
न तुझे पता, न मुझे पता
ये प्यार था या कुछ और था

मेरी रातें उसका ही ख़्वाब थीं
वो निगाहें जैसे शराब थीं
मुझे उम्र भर क्या सुरूर था
न तुझे पता, न मुझे पता
ये प्यार था या कुछ और था

वो क़रीब आ के चला गया
मेरा दर्द मुझमें ही रह गया
दिल किस क़दर मजबूर था
न तुझे पता, न मुझे पता
ये प्यार था या कुछ और था

उसे अपनी ही फ़िक्र लगी रही
मेरी सुध भी उसने न ली कभी
ये इश्क़ था या फ़ितूर था
न तुझे पता, न मुझे पता
ये प्यार था या कुछ और था

मैं वफ़ा की राह चला चलूँ
या ज़फ़ा का उनसे गिला करूँ
जिन निगाहों में इक नूर था
न तुझे पता, न मुझे पता
ये प्यार था या कुछ और था

□

गीत—संतोष आनंद
संगीत—लक्ष्मीकांत-प्यारेलाल
फिल्म—प्रेमरोग (1982)
निर्माता—राज कपूर
निर्देशक—राज कपूर

मेरे दुश्मन तू मेरी

मेरे दुश्मन तू मेरी दोस्ती को तरसे
मुझे ग़म देनेवाले तू ख़ुशी को तरसे
मेरे दुश्मन

तू फूल बने पतझड़ का, तुझ पे बहार न आए कभी
मेरी ही तरह तू तड़पे, तुझको क़रार न आए कभी
तुझको क़रार न आए कभी
जिए तू इस तरह के ज़िंदगी को तरसे
मेरे दुश्मन तू मेरी दोस्ती को तरसे

चाहे तू जिसे वो तेरा, होकर भी इक पल तेरा न हो
सौ साल जिए तू तन्हा, रातों का तेरी सवेरा न हो
रातों का तेरी सवेरा न हो
जले दिन-रात लेकिन रोशनी को तरसे
मेरे दुश्मन तू मेरी दोस्ती को तरसे

दरिया के लिए ठुकराया, सहरा भी तुझे बेगाना करे
इक बूँद मिले न तुझको, और प्यास तुझे दीवाना करे
और प्यास तुझे दीवाना करे
तेरी आँखों का आँसू भी नमी को तरसे
मेरे दुश्मन तू मेरी दोस्ती को तरसे

तू राह पे दर-दर भटके मंज़िल से राहें हों बेख़बर
तू लाख इबादत कर ले, तेरी दुआएँ हों बेअसर
तेरी दुआएँ हों बेअसर
तू चाहे मौत भी तो ख़ुदकुशी को तरसे
मेरे दुश्मन तू मेरी दोस्ती को तरसे

□

गीत—आनंद बख़्शी
संगीत—लक्ष्मीकांत-प्यारेलाल
फिल्म—आए दिन बहार के (1966)
निर्माता—जे. ओमप्रकाश
निर्देशक—रघुनाथ जलानी

•••

तबीयत इश्क़वालों की बहुत हैरान करती है
मुहब्बत में दवा जिनको बहुत नुकसान करती है
करो इलाज तुम लेकिन ज़रा ये ध्यान भी रखना
न हो इस **दर्द** से आराम भी मुझको बहुत ज़्यादा

•••

सौ दर्द हैं

सौ दर्द हैं, सौ राहतें
सब मिला दिलनशीं
एक तू ही नहीं

रूखी-रूखी सी है ये हवा
और सूखे पत्ते की तरह
शहर की सड़कों पे मैं
लावारिस उड़ता हुआ
सौ रास्ते पर तेरी राह नहीं
सौ दर्द हैं, सौ राहतें
सब मिला दिलनशीं
एक तू ही नहीं

रात अकेली आज भी
ख़्वाबों में ढूँढ़े ज़िंदगी
तकिए के नीचे है नमी
छत पे सुखाई चाँदनी
सौ चाँद हैं, पर तेरी धूप नहीं
सौ दर्द हैं, सौ राहतें
सब मिला दिलनशीं
एक तू ही नहीं

तुझसे बिछड़ के जाने क्यूँ
तेरी कमी ही ना रही
ज़िंदा तो हूँ मैं आज भी
बस ज़िंदगी ही ना रही
सौ चाहतें पर तेरी आह नहीं
सौ दर्द हैं, सौ राहतें
सब मिला दिलनशीं
एक तू ही नहीं

□

गीत—गुलज़ार
संगीत—अनु मलिक
फ़िल्म—जानेमन (2006)
निर्माता—साजिद नडियाडवाला
निर्देशक—शिरीष कुंदर

अँखियों को रहने दे

टूट के दिल के टुकड़े-टुकड़े हो गए मेरे सीने में
आ गले लग के मर जाएँ क्या रखा है जीने में
अँखियों को रहने दे अँखियों के आस पास
दूर से दिल की बुझती रहे प्यास
अँखियों को रहने दे

दर्द ज़माने में कम नहीं मिलते
सबको मुहब्बत के ग़म नहीं मिलते
टूटनेवाले दिल
टूटनेवाले दिल होते हैं कुछ ख़ास
दूर से दिल की बुझती रहे प्यास
अँखियों को रहने दे

करते नहीं शिकवा तुमसे कभी ग़म का
दर्द-ए-जुदाई में आख़िर करें हम क्या
तेरे बिना ख़ुशियाँ
तेरे बिना ख़ुशियाँ आती नहीं हैं रास
दूर से दिल की बुझती रहे प्यास
अँखियों को रहने दे

तेरे बिना जीकर मरते रहे हैं हम
ख़्वाबों में होकर भी जगते रहे हैं हम
थक-सी गई लेकिन
थक-सी गई लेकिन चलती रही ये साँस
दूर से दिल की बुझती रहे प्यास
अँखियों को रहने दे

हाथों में लिख दी है हमने ये मजबूरी
मिलकर लक़ीरों में बढ़ती रहे दूरी
हर दिन मुक़द्दर की
हर दिन मुक़द्दर की होती रहे तलाश
दूर से दिल की बुझती रहे प्यास
अँखियों को रहने दे

□

गीत—आनंद बख़्शी
संगीत—लक्ष्मीकांत-प्यारेलाल
फिल्म—बॉबी (1973)
निर्माता—राज कपूर
निर्देशक—राज कपूर

क़समें, वादे, प्यार, वफ़ा

क़समें, वादे, प्यार, वफ़ा सब
बातें हैं, बातों का क्या
कोई किसी का नहीं
ये झूठे नाते हैं, नातों का क्या
क़समें, वादे, प्यार, वफ़ा सब

होगा मसीहा सामने तेरे
फिर भी न तू बच पाएगा
तेरा अपना ख़ून ही आख़िर
तुझको आग लगाएगा
आसमान में उड़ने वाले
मिट्टी में मिल जाएगा
क़समें, वादे, प्यार, वफ़ा सब
बातें हैं, बातों का क्या

याद करेंगे पल-पल एक दिन
एक दिन हाल न पूछेंगे
एक दिन तुझपे जान भी देंगे
एक दिन जान भी ले लेंगे
एक दिन तेरी दुनिया बनकर
तुझको तन्हा कर देंगे
क़समें, वादे, प्यार, वफ़ा सब
बातें हैं, बातों का क्या

काम के रिश्ते काम करेंगे
बाक़ी सब दिल तोड़ेंगे
प्यार के चेहरे ढोंग रचाकर
आँख में मिट्टी झोकेंगे
लूटेंगे ख़्वाबों की दुनिया
ज़र्द हक़ीक़त छोड़ेंगे
क़समें, वादे, प्यार, वफ़ा सब
बातें हैं, बातों का क्या

☐

गीत—इंदीवर
संगीत—कल्याणजी-आनंदजी
फिल्म—उपकार (1967)
निर्माता—हरकिशन मीरचंदानी, आर.एन. गोस्वामी
निर्देशक—मनोज कुमार

आज सोचा तो आँसू

आज सोचा तो आँसू भर आए
मुद्दतें हो गईं मुस्कराए
आज सोचा तो आँसू भर आए

हर क़दम पर उधर मुड़ के देखा
उनकी महफ़िल से हम उठ तो आए
आज सोचा तो आँसू भर आए

ख़्वाहिशें हो गई हैं फ़रेबी
ख़्वाब आँखों से नींदें चुराए
आज सोचा तो आँसू भर आए

ज़िंदगी ने कई राग छेड़े
साथ हम ही नहीं गुनगुनाए
आज सोचा तो आँसू भर आए

प्यार हमसे हुआ है पराया
ज़िंदगी से हुए हम पराए
आज सोचा तो आँसू भर आए

हमको लूटा है रिश्तों ने कैसे
क्या बताएँ, किसे हम बताएँ
आज सोचा तो आँसू भर आए

जब लक़ीरों में ही कुछ नहीं है
आज़माएँ तो क्या आज़माएँ
आज सोचा तो आँसू भर आए

एक उम्मीद थी ज़िंदगी से
मौत का एक वादा निभाए
आज सोचा तो आँसू भर आए

□

गीत—कैफ़ी आज़मी
संगीत—मदन मोहन
फिल्म—हँसते ज़ख्म (1973)
निर्माता—चेतन आनंद
निर्देशक—चेतन आनंद

ऐ अजनबी तू भी

ऐ अजनबी तू भी कभी
आवाज़ दे कहीं से
मैं यहाँ टुकड़ों में जी रहा हूँ
तू कहीं टुकड़ों में जी रही है
ऐ अजनबी तू भी कभी आवाज़ दे कहीं से

रोज़-रोज़ रेशम सी हवा
आते-जाते कहती है बता
रेशम सी हवा कहती है बता
वो जो दूध धुली मासूम कली
वो है कहाँ, कहाँ है
वो रोशनी कहाँ है
वो जान सी कहाँ है
मैं अधूरा तू अधूरी जी रही है
ऐ अजनबी तू भी कभी आवाज़ दे कहीं से

बार-बार आँखों में कहीं
देखता हूँ मैं कोई कमी
आँखों में कहीं है कोई कमी
आँसुओं में थी वो घुली हुई
अब वो कहाँ, कहाँ है
वो तिश्नगी कहाँ है
दिल की नमी कहाँ है
मैं अधूरा तू अधूरी जी रही है
ऐ अजनबी तू भी कभी आवाज़ दे कहीं से

आरज़ू में कुछ और नहीं
जुस्तुजू में कोई और नहीं
और नहीं कुछ और नहीं
ऐ मेरी हँसी, ऐ मेरी ख़ुशी
तू है कहाँ, कहाँ है
वो दिल-कशी कहाँ है
वो ज़िंदगी कहाँ है
मैं अधूरा तू अधूरी जी रही है
ऐ अजनबी तू भी कभी आवाज़ दे कहीं से

तेरे बिना कट रहा हूँ
जैसे वक़्त लम्हों में
ठहरी सी है ज़िंदगी
और साँसें चल रही हैं
छँटता नहीं धुआँ है
जो दिल के दरमियाँ है
कैसा ये फ़ासला है ?
मैं अधूरा तू अधूरी रही है
ऐ अजनबी तू भी कभी आवाज़ दे कहीं से

गीत—गुलज़ार
संगीत—ए.आर. रहमान
फिल्म—दिल से (1998)
निर्माता—मणिरत्नम, रामगोपाल वर्मा, शेखर कपूर
निर्देशक—मणिरत्नम

ऐ दिल है मुश्किल

तू सफ़र मेरा, है तू ही मेरी मंज़िल
तेरे बिना गुज़ारा ऐ दिल है मुश्किल
तू मेरा ख़ुदा तू ही दुआ में शामिल
तेरे बिना गुज़ारा ऐ दिल है मुश्किल
मुझे आज़माती है तेरी कमी
मेरी हर कमी को है तू लाज़मी
जूनून है मेरा बनूँ मैं तेरे काबिल
तेरे बिना गुज़ारा ऐ दिल है मुश्किल

ये रूह भी मेरी, ये जिस्म भी मेरा
उतना मेरा नहीं, जितना हुआ तेरा
तूने दिया है जो वो दर्द ही सही
तुझसे मिला है तो इनाम है मेरा
मेरा आसमान ढूँढ़ें तेरी ज़मीं
मेरी हर कमी को है तू लाज़मी
ज़मीं पे ना सही तो आसमाँ पे आ मिल
तेरे बिना गुज़ारा ऐ दिल है मुश्किल

तू आरज़ू मेरी, तू तिश्नगी मेरी
हैं कश्तियाँ भी तू, तू ही है मौज भी
लड़ना रहा हूँ मैं, दरिया तेरे लिए
दिल को मिली नहीं, इक बूँद भी तेरी
मगर आँसुओं में है तेरी नमी
मेरी हर कमी को है तू लाज़मी
हैं मुंतज़िर तेरा अभी भी तेरा साहिल
तेरे बिना गुज़ारा ऐ दिल है मुश्किल

तू ज़िंदगी मेरी, तू हर ख़ुशी मेरी
तेरे बिना हूँ तो होकर भी मैं नहीं
है दरमियान जो ये दूरियाँ तेरी
होगी तेरी, मेरी मजबूरियाँ नहीं
इसी ज़िंदगी में तू होगी मेरी
मेरी हर कमी को है तू लाज़मी
जुनून है मेरा तुझे करूँ मैं हासिल
तेरे बिना गुज़ारा ऐ दिल है मुश्किल

□

गीत—अमिताभ भट्टाचार्य
संगीत—प्रीतम
फिल्म—ऐ दिल है मुश्किल (2016)
निर्माता—करन जौहर, हीरू जौहर, अपूर्वा मेहता
निर्देशक—करन जौहर

ऐ मेरे दिल कहीं और चल

ऐ मेरे दिल कहीं और चल
ग़म की दुनिया से दिल भर गया
ढूँढ़ ले अब कोई घर नया
ऐ मेरे दिल कहीं और चल

चल जहाँ ग़म के मारे न हों
झूठी आशा के तारे न हों
चल जहाँ ग़म के मारे न हों
झूठी आशा के तारे न हों
इन बहारों से क्या फ़ायदा?
जिसमें दिल की कली जल गई
ज़ख़्म फिर से हरा हो गया
ऐ मेरे दिल कहीं और चल

बस ज़रूरत की है दोस्ती
तेरे ग़म की ख़बर ही नहीं
बस ज़रूरत की है दोस्ती
तेरे ग़म की ख़बर ही नहीं
रिश्ते-नातों का हासिल है क्या ?
जब सितारे बदलने लगे
तब कोई आसरा न रहा
ऐ मेरे दिल कहीं और चल

जिस जगह अजनबी हों सभी
कोई अपना-पराया न हो
जिस जगह अजनबी हों सभी
कोई अपना-पराया न हो
हर ज़ुबाँ पे जहाँ हो दुआ
दर्द दिल में उठे तो बने
हर कोई हर किसी की दवा
ऐ मेरे दिल कहीं और चल

□

गीत—शैलेंद्र
संगीत—शंकर-जयकिशन
फिल्म—दाग़ (1952)
निर्माता—अमिया चक्रवर्ती
निर्देशक—अमिया चक्रवर्ती

कोई जब तुम्हारा

कोई जब तुम्हारा हृदय तोड़ दे
तड़पता हुआ जब कोई छोड़ दे
तब तुम मेरे पास आना प्रिये
मेरा दर खुला है, खुला ही रहेगा तुम्हारे लिए
कोई जब तुम्हारा हृदय तोड़ दे

अभी तुमको मेरी जरूरत नहीं
बहुत चाहने वाले मिल जाएँगे
अभी रूप का एक सागर हो तुम
कँवल जितने चाहोगी, खिल जाएँगे
दर्पण तुम्हें जब डराने लगे
जवानी भी दामन छुड़ाने लगे
तब तुम मेरे पास आना प्रिये
मेरा सर झुका है, झुका ही रहेगा तुम्हारे लिए
कोई जब तुम्हारा हृदय तोड़ दे

अभी दूर हूँ मैं नज़र से तेरी
अभी ख़्वाब ग़ैरों के देखो मगर
ख़ुदा न करे, कल किसी मोड़ पर
नए ख़्वाब आँखों से रूठें अगर
छलकने लगे जब तुम्हारी नज़र
तसल्ली, दिलासे रहें बेअसर
तब तुम मेरे पास आना प्रिये
ये सपना सजा है सजा ही रहेगा तुम्हारे लिए
कोई जब तुम्हारा हृदय तोड़ दे

कोई जी रहा है तुम्हारे लिए
तुम्हारे लिए मर रहा है कोई
तुम्हें याद आए न आए मगर
तसव्वुर तेरा कर रहा है कोई
ज़माने से जब तुमको फ़ुरसत मिले
मेरी याद का जब कोई गुल खिले
तब तुम मेरे पास आना प्रिये
मेरे दिल में कोई गिला न रहेगा तुम्हारे लिए
कोई जब तुम्हारा हृदय तोड़ दे

□

गीत—इंदीवर
संगीत—कल्याणजी-आनंदजी
फिल्म—पूरब और पश्चिम (1970)
निर्माता—मनोज कुमार
निर्देशक—मनोज कुमार

चिंगारी कोई भड़के

चिंगारी कोई भड़के, तो सावन उसे बुझाए
सावन जो आग लगाए, उसे कौन बुझाए
पतझड़ जो बाग़ उजाड़े, वो बाग़ बहार खिलाए
जो बाग़ बहार में उजड़े, उसे कौन खिलाए
चिंगारी कोई भड़के

हमसे मत पूछो कैसे, मंदिर टूटा सपनों का
लोगों की बात नहीं है, ये क़िस्सा है अपनों का
कोई दुश्मन ठेस लगाए, तो मीत जिया बहलाए
मनमीत जो घाव लगाए, उसे कौन मिटाए
चिंगारी कोई भड़के

ना जाने क्यूँ है, लेकिन हर प्रीत की रीत यही है
शहनाई की ख़ुशियों में विरहा का गीत कोई है
जब विरहा चोट लगाए तो प्यार निशान मिटाए
जब प्यार ही चाक लगाए, उसे कौन मिटाए
चिंगारी कोई भड़के

सच के भी सौ चेहरे हैं, सबके अपने-अपने हैं
इन चेहरों के पीछे हम दिन-रात छुपा करते हैं
जब सच कड़वा हो जाए तो ख़्वाब उसे झुठलाए
जब ख़्वाब न देखा जाए, सच कौन भुलाए
चिंगारी कोई भड़के

इन रेखाओं पे चलकर तुम काश मेरे घर आते
तस्वीर मुक़म्मल करके हम आज तुम्हें दिखलाते
तक़दीर अगर रूठी हो तो रब हर बात बनाए
जब रब पत्थर हो जाए, उसे कौन मनाए
चिंगारी कोई भड़के

□

गीत—आनंद बख़्शी
संगीत—आर.डी. बर्मन
फिल्म—अमर प्रेम (1972)
निर्माता-निर्देशक—शक्ति सामंत

जाने क्या सोचकर

जाने क्या सोचकर नहीं गुज़रा
इक पल रात भर नहीं गुज़रा
जाने क्या सोचकर नहीं गुज़रा

अपनी तन्हाई का औरों से न शिकवा करना
तुम अकेले ही नहीं हो सभी अकेले हैं
ये अकेला सफ़र नहीं गुज़रा
जाने क्या सोचकर नहीं गुज़रा

सिर्फ़ हमदर्दी से ये दर्द कम नहीं होता
कोई दुःख बाँट ले तो कुछ सुकूँ मिले शायद
ग़म में डूबा सफ़र नहीं गुज़रा
जाने क्या सोचकर नहीं गुज़रा

नींद आँखों से नदारद हुई, मुहब्बत में
ख़्वाब टूटे थे जो चुभते हैं अब निगाहों में
एक बिखरा सफ़र नहीं गुज़रा
जाने क्या सोचकर नहीं गुज़रा

मंज़िलें रोज़ बदलती रही ख़यालों की
रहगुज़र पूछती ही रह गई पता मेरा
एक भटका सफ़र नहीं गुज़रा
जाने क्या सोचकर नहीं गुज़रा

ज़िंदगी यूँ भी सहारे के बिन नहीं कटती
बहते दरिया का किनारा ही तो सहारा है
बे-किनारा सफ़र नहीं गुज़रा
जाने क्या सोचकर नहीं गुज़रा

□

गीत—गुलज़ार
संगीत—आर.डी. बर्मन
फिल्म—किनारा (1977)
निर्माता—प्राणलाल मेहता
निर्देशक—गुलज़ार

ज़ुबाँ पे दर्द भरी

ज़ुबाँ पे दर्द भरी दास्ताँ चली आई
ज़ुबाँ पे दर्द भरी दास्ताँ चली आई
बहार आने से पहले ख़िज़ाँ चली आई
ज़ुबाँ पे दर्द भरी दास्ताँ चली आई

ख़ुशी की चाह में मैंने उठाए रंज बड़े
मेरा नसीब के मेरे क़दम जहाँ भी पड़े
ये बदनसीबी मेरी भी वहाँ चली आई
ज़ुबाँ पे दर्द भरी दास्ताँ चली आई

हर एक याद पे आँसू भरे निगाहों में
मेरा पता न मिला इन भटकती राहों में
मुझे डुबोने को फिर भी घटा चली आई
ज़ुबाँ पे दर्द भरी दास्ताँ चली आई

न ये ज़मीन है मेरी, न आसमान मेरा
क़दम-क़दम है मगर कोई इम्तिहान मेरा
फिर आज़माने ख़ुशी की वजह चली आई
ज़ुबाँ पे दर्द भरी दास्ताँ चली आई

थमी है नब्ज़, रुकी साँस, चुप हुई धड़कन
इसी तरह से गुज़रता रहा मेरा जीवन
मिटाने कौन सी हसरत क़ज़ा चली आई
ज़ुबाँ पे दर्द भरी दास्ताँ चली आई

□

गीत—आनंद बख्शी
संगीत—कल्याणजी-आनंदजी
फिल्म—मर्यादा (1971)
निर्माता—अरबिंद सेन
निर्देशक—अरबिंद सेन

पिया बिना पिया बिना

पिया बिना पिया बिना बसिया
बाजे ना बाजे ना बाजे ना
पिया बिना
पिया बिना पिया बिना बसिया

पिया ऐसे रूठे
के होंठों से मेरे संगीत रूठा
पिया ऐसे रूठे
के होंठों से मेरे संगीत रूठा
कभी जब मैं गाऊँ
लगे मेरे मन का हर गीत झूठा
ऐसे बिछड़े
ऐसे बिछड़े मोसे रसिया
पिया बिना
पिया बिना पिया बिना बसिया

सजन हाथ छूटा
तो हम से सफ़र में छूटी डगरिया
भटकती हूँ मन में
कि बन में हो जैसे कोई बवरिया
खोया जियरा
खोया जियरा खोई अँखियाँ
पिया बिना
पिया बिना पिया बिना बसिया

तुम्हारी नज़र से
गिरा एक आँसू मेरी आँख रोई
न ही ख़्वाब कोई
सजाएँ निगाहें, न ही रात सोई
जबसे बिखरी
जबसे बिखरी दिल की दुनिया
पिया बिना
पिया बिना पिया बिना बसिया

□

गीत—मजरूह सुल्तानपुरी
संगीत—एस.डी. बर्मन
फिल्म—अभिमान (1973)
निर्माता—सुशीला कामत, पवन कुमार जैन
निर्देशक—ऋषिकेश मुखर्जी

फिर वही रात है

फिर वही रात है
फिर वही रात है ख़्वाब की
रात भर ख़्वाब में
देखा करेंगे तुम्हें
फिर वही रात है

मासूम-सी नींद में जब कोई सपना चले
हमको बुला लेना तुम पलकों के परदे तले
ये रात है ख़्वाब की
ख़्वाब की रात है
फिर वही रात है

ख़्वाब की शक़्ल में कोई हक़ीक़त मिली
कैसे बताऊँ तुम्हें कैसे मुहब्बत मिली
ये राज़ हैं ख़्वाब के
ख़्वाब के राज़ हैं
फिर वही रात है

ख़्वाब के रास्ते इतने भी सीधे नहीं
रातों से मिलते तो हैं सुबह से मिलते नहीं
ये राह है ख़्वाब की
ख़्वाब की राह है
फिर वही रात है

आज की रात तुम ख़्वाबों में आकर मिलो
कल का किसे है पता ख़्वाबों के पल हो न हो
ये रात है आख़िरी
आख़िरी ख़्वाब है
फिर वही रात है

□

गीत—गुलज़ार
संगीत—आर.डी. बर्मन
फिल्म—घर (1978)
निर्माता—एन.एन. सिप्पी
निर्देशक—मानिक चटर्जी

भरी दुनिया में आख़िर

भरी दुनिया में आख़िर दिल को समझाने कहाँ जाएँ
भरी दुनिया में आख़िर दिल को समझाने कहाँ जाएँ
मुहब्बत हो गई जिनको वो दीवाने कहाँ जाएँ
भरी दुनिया में आख़िर दिल

लगे हैं शम्मा पर पहरे ज़माने की निगाहों के
जिन्हें जलने की हसरत है वो परवाने कहाँ जाएँ
मुहब्बत हो गई जिनको वो दीवाने कहाँ जाएँ
भरी दुनिया में आख़िर दिल

हँसी आँखों में थी जिनसे ख़ुशी है अब अलग उनकी
हो जिनकी ज़िंदगी आँसू वो मुस्काने कहाँ जाएँ
मुहब्बत हो गई जिनको वो दीवाने कहाँ जाएँ
भरी दुनिया में आख़िर दिल

अकेली है मेरी महफ़िल जहाँ तक है नज़र मेरी
अगर चाहें भी तो हम दिल को बहलाने कहाँ जाएँ
मुहब्बत हो गई जिनको वो दीवाने कहाँ जाएँ
भरी दुनिया में आख़िर दिल

तरस खाकर नहीं मरता, ज़रूरत है मेरी इनको
बिना मेरे बेचारे ग़म सितम ढाने कहाँ जाएँ
मुहब्बत हो गई जिनको वो दीवाने कहाँ जाएँ
भरी दुनिया में आख़िर दिल

नशे में है जहाँ सारा, ये आलम मयकशी का है
हज़ारों मयक़दों में हम ज़हर खाने कहाँ जाएँ
मुहब्बत हो गई जिनको वो दीवाने कहाँ जाएँ
भरी दुनिया में आख़िर दिल

□

गीत—शकील बदायूँनी
संगीत—रवि
फिल्म—दो बदन (1966)
निर्माता—हुडा बिहारी
निर्देशक—राज खोसला

मेरा जीवन कोरा काग़ज़

मेरा जीवन कोरा काग़ज़
कोरा ही रह गया
जो लिखा था आँसुओं के संग बह गया
मेरा जीवन कोरा काग़ज़
कोरा ही रह गया

एक हवा का झोंका आया
टूटा डाली से फूल
ना पवन की ना चमन की
किसकी है ये भूल
खो गई ख़ुशबू हवा में कुछ न रह गया
मेरा जीवन कोरा काग़ज़
कोरा ही रह गया

आशियाना जो बनाया
ख़्वाबों का था वो जहाँ
नींद रूठी ख़्वाब टूटा
कुछ भी न बाक़ी रहा
दिल ख़ुद अपने खँडहर का बोझ सह गया
मेरा जीवन कोरा काग़ज़ कोरा ही रह गया

एक सुबह एक रास्ता ही
राहनुमा हो गया
फिर अचानक दोपहर में
यूँ ही कहीं खो गया
बेसबब ही आ गया था, बेवजह गया
मेरा जीवन कोरा काग़ज़ कोरा ही रह गया

अजनबी हूँ ज़िंदगी में
मेरा न कोई पता
क्या ज़मीं और क्या समुंदर
सब धुआँ-ही-धुआँ
ढूँढ़ने ख़ुद को मैं हर दिन हर जगह गया
मेरा जीवन कोरा कागज़ कोरा ही रह गया

□

गीत—एम.जी. हशमत
संगीत—कल्याणजी-आनंदजी
फिल्म—कोरा काग़ज़ (1974)
निर्माता—सनत कोठारी
निर्देशक—अनिल गांगुली

मेरे नैना सावन भादो

मेरे नैना सावन भादो
फिर भी मेरा मन प्यासा
फिर भी मेरा मन प्यासा

ऐ दिल दीवाने खेल है क्या जाने
दर्द भरा ये गीत कहाँ से
इन होंठों पे आए
दूर कहीं ले जाए
भूल गया क्या भूल के भी है
मुझको याद ज़रा सा
फिर भी मेरा मन प्यासा

काश तेरी रातें, काश तेरे वो दिन
लौटके आते आज वहाँ से
कोई जहाँ से न लौटा
काश अभी ये होता
तेरी सुबह की ख़ुशबू लेकर
आता एक दिलासा
फिर भी मेरा मन प्यासा

याद नहीं कुछ भी भूल गया हर ग़म
भूल गया हर बात पुरानी
भूल गया मैं सबको
भूल गया मैं ख़ुद को
भूल के भी जो भूल न पाया
तू है वो जिज्ञासा
फिर भी मेरा मन प्यासा

आज अभी इस पल साथ मुझे ले चल
एक जगह जो दूर हो इतनी
कि ये ग़म के साये
पास नहीं आ पाएँ
नींद फिर ऐसी आए, सोऊँ
जैसे वक़्त थका-सा
फिर भी मेरा मन प्यासा

□

गीत—आनंद बख्शी
संगीत—आर.डी. बर्मन
फिल्म—महबूबा (1976)
निर्माता—मुशीर-रियाज़
निर्देशक—शक्ति सामंत

यूँ हसरतों के दाग़

यूँ हसरतों के दाग़ मुहब्बत में धो लिये
ख़ुद दिल से दिल की बात कही और रो लिये
यूँ हसरतों के दाग़

घर से चले थे हम तो ख़ुशी की तलाश में
घर से चले थे हम तो ख़ुशी की तलाश में
ख़ुशी की तलाश में
ग़म राह में खड़े थे वही साथ हो लिये
ख़ुद दिल से दिल की बात कही और रो लिये
यूँ हसरतों के दाग़

कब तक किसी के दर्द में रोते रहेंगे आप
कब तक किसी के दर्द में रोते रहेंगे आप
रोते रहेंगे आप
वो कब का जा चुका है निगाहें तो खोलिए
ख़ुद दिल से दिल की बात कही और रो लिये
यूँ हसरतों के दाग़

काँधे पे ख़ुद की लाश उठाए हुए चले
काँधे पे ख़ुद की लाश उठाए हुए चले
उठाए हुए चले
जितना मिला नसीब से वो बोझ ढो लिये
ख़ुद दिल से दिल की बात कही और रो लिये
यूँ हसरतों के दाग़

इक उम्र से जगी हैं निगाहें तमाम रात
इक उम्र से जगी हैं निगाहें तमाम रात
निगाहें तमाम रात
जब नींद आ गई तो कई उम्र सो लिये
ख़ुद दिल से दिल की बात कही और रो लिये
यूँ हसरतों के दाग़

□

गीत—राजेंद्र कृष्ण
संगीत—मदन मोहन
फिल्म—अदालत (1958)
निर्माता—कालिदास
निर्देशक—मल्लिका क्वात्रा

रुके-रुके से क़दम

रुके-रुके से क़दम रुक के बार-बार चले
क़रार लेके तेरे दर से बेक़रार चले

सुबह ना आई कई बार नींद से जागे
थी एक रात की ये ज़िंदगी गुज़ार चले
क़रार लेके तेरे दर से बेक़रार चले
रुके-रुके से क़दम

क़सम न खाई, न शिकवा-गिला किया हमने
दुआ यही है कि ताउम्र ऐतबार चले
क़रार लेके तेरे दर से बेक़रार चले
रुके-रुके से क़दम

न आए तुम ही, न उम्मीद ही मेरी टूटी
लिये निगाह में सदियों का इंतज़ार चले
क़रार लेके तेरे दर से बेक़रार चले
रुके-रुके से क़दम

रही अकेली हमेशा ही ज़िंदगी लेकिन
गुज़रते वक़्त कई दर्द ग़म-गुसार चले
क़रार लेके तेरे दर से बेक़रार चले
रुके-रुके से क़दम

□

गीत—गुलज़ार
संगीत—मदन मोहन
फिल्म—मौसम (1975)
निर्माता—पी. मल्लिकार्जुना राव
निर्देशक—गुलज़ार

वो तेरे प्यार का ग़म

वो तेरे प्यार का ग़म एक बहाना था सनम
अपनी क़िस्मत ही कुछ ऐसी थी
कि दिल टूट गया
वो तेरे प्यार का ग़म

ये न होता तो कोई दूसरा ग़म होना था
मैं तो वो हूँ, जिसे हर हाल में बस रोना था
मुस्कराता भी अगर तो छलक जाती नज़र
अपनी क़िस्मत ही कुछ ऐसी थी
कि दिल टूट गया
वो तेरे प्यार का ग़म

इक नई राह मिली साथ हमारा छूटा
ज़िंदगी दूर हुई और मुक़द्दर रूठा
मैं मनाता भी अगर कुछ भी होता न असर
अपनी क़िस्मत ही कुछ ऐसी थी
कि दिल टूट गया
वो तेरे प्यार का ग़म

मुझको मालूम था इक दिन तू चला जाएगा
पर ये मालूम न था ऐसे भी याद आएगा
तेरे जाने की ख़बर से गिला करते मगर
अपनी क़िस्मत ही कुछ ऐसी थी
कि दिल टूट गया
वो तेरे प्यार का ग़म

तूने मुँह मोड़ लिया, छोड़ दिया घर मेरा
फिर न मौजें ही रहीं, ना ही समुंदर मेरा
मिलता साहिल भी अगर तो यही होता हशर
अपनी क़िस्मत ही कुछ ऐसी थी
कि दिल टूट गया
वो तेरे प्यार का ग़म

□

गीत—आनंद बख्शी
संगीत—दान सिंह
फिल्म—माय लव (1970)
निर्देशक—एस. सुखदेव

आपके पहलू में आकर

आपके पहलू में आकर रो दिए
दास्तान-ए-ग़म सुनाकर रो दिए
आपके पहलू में आकर रो दिए

ज़िंदगी ने कर दिया जब भी उदास
आ गए घबरा के हम मंज़िल के पास
सर झुकाया सर झुकाकर रो दिए
आपके पहलू में आकर रो दिए

मुस्कराने को कहा था आपने
कोशिशें करते रहे पर क्या करें
मुस्कराए, मुस्कराकर रो दिए
आपके पहलू में आकर रो दिए

ज़िंदगी से क्यूँ करें शिकवा गिला
जो मुक़द्दर में लिखा था वो मिला
दिल को ये समझा-बुझाकर रो दिए
आपके पहलू में आकर रो दिए

भूल जाएँ आपको, मुमकिन नहीं
आपको देखें जो हम देखें कहीं
आपको यूँ दूर पाकर रो दिए
आपके पहलू में आकर रो दिए

□

गीत—राजा मेंहदी अली ख़ान
संगीत—मदन मोहन
फिल्म—मेरा साया (1966)
निर्माता—प्रेमजी
निर्देशक—राज खोसला

•••

किताबों में लिखा है जो क़यामत वो नहीं होता
यकीं करते हैं क़िस्सों पर, पता जिनको नहीं होता
नहीं आई क़ज़ा माना, मगर उनकी **जुदाई** में
हुआ है मौत का एहसास भी मुझको बहुत ज़्यादा

•••

लंबी जुदाई

बिछड़े अभी तो हम, बस कल-परसों
जिऊँगी मैं कैसे इस हाल में बरसों
मौत ना आई तेरी याद क्यों आई
हाय लंबी जुदाई
चार दिनों दा प्यार ओ रब्बा
बड़ी लंबी जुदाई, लंबी जुदाई
होंठों पे आई मेरी जान दुहाई
हाय लंबी जुदाई

टूटे ज़माने तेरे
हाथ निगोड़े, हाथ निगोड़े
जिनसे दिलों के तूने
शीशे तोड़े, शीशे तोड़े
हिज्र की ऊँची
दीवार बनाई
हाय लंबी जुदाई
चार दिनों दा प्यार ओ रब्बा
बड़ी लंबी जुदाई, लंबी जुदाई
होंठों पे आई मेरी जान दुहाई
हाय लंबी जुदाई

बाग़ उजड़ गए, बाग़ उजड़ गए
खिलने से पहले
पंछी बिछड़ गए मिलने से पहले
कोयल की कूक
ने हूक उठाई हाय लंबी जुदाई
चार दिनों दा प्यार ओ रब्बा
बड़ी लंबी जुदाई, लंबी जुदाई
होंठों पे आई मेरी जान दुहाई
हाय लंबी जुदाई

छोड़ के जाने वाला
छोड़ गया रे, छोड़ गया रे
मुझमें मगर वो बाक़ी
क्यूँ रह गया रे, क्यूँ रह गया रे
इश्क़ में अपनी
पहचान गँवाई
हाय लंबी जुदाई
चार दिनों दा प्यार ओ रब्बा
बड़ी लंबी जुदाई, लंबी जुदाई
होंठों पे आई मेरी जान दुहाई
हाय लंबी जुदाई

प्यार में अकसर ऐसा
होता रहा है, होता रहेगा
माली का हक़ फूलों पे
खोता रहा है, खोता रहेगा
आँधी से जब शाख़ों की
होगी लड़ाई
हाय लंबी जुदाई
चार दिनों दा प्यार ओ रब्बा
बड़ी लंबी जुदाई, लंबी जुदाई
होंठों पे आई मेरी जान दुहाई
हाय लंबी जुदाई

आँख से आँसू, आँख से आँसू
बह न सके रे
बात जो दिल में थी वो कह न सके रे
दुनिया नहीं थी
दुनिया नहीं थी पहले
इतनी पराई

हाय लंबी जुदाई
चार दिनों दा प्यार ओ रब्बा
बड़ी लंबी जुदाई, लंबी जुदाई
होंठों पे आई मेरी जान दुहाई
हाय लंबी जुदाई

तुझसे बिछड़ के, तुझसे बिछड़ के
वक़्त न बीते
वक़्त किसी पे ऐसा सख़्त न बीते
क़ैद है जाने
क़ैद है जाने कैसी
कैसी रिहाई
हाय लंबी जुदाई
चार दिनों दा प्यार ओ रब्बा
बड़ी लंबी जुदाई, लंबी जुदाई
होंठों पे आई मेरी जान दुहाई
हाय लंबी जुदाई

□

गीत—आनंद बख्शी
संगीत—लक्ष्मीकांत-प्यारेलाल
फिल्म—हीरो (1983)
निर्माता—सुभाष घई
निर्देशक—सुभाष घई

ख़िज़ाँ के फूल पे

ख़िज़ाँ के फूल पे आती कभी बहार नहीं
मेरे नसीब में ऐ दोस्त तेरा प्यार नहीं

न जाने प्यार में कब मैं ज़ुबाँ से फिर जाऊँ
मैं बन के आँसू ख़ुद अपनी नज़र से गिर जाऊँ
तेरी क़सम है मेरा कोई ऐतबार नहीं
मेरे नसीब में ऐ दोस्त तेरा प्यार नहीं

यक़ीन कैसे मुहब्बत का मैं करूँ आख़िर
कोई नहीं है जिसे अपना कह सकूँ आख़िर
मेरे लिए तो कोई दिल भी बेक़रार नहीं
मेरे नसीब में ऐ दोस्त तेरा प्यार नहीं

जो बात करते हैं तो करके क्यूँ मुकरते हैं?
न जाने प्यार पे क्यूँ इतनी शर्त रखते हैं?
किसी को अपनी मुहब्बत पे ऐतबार नहीं
मेरे नसीब में ऐ दोस्त तेरा प्यार नहीं

नहीं हज़ारों ख़यालों में एक भी मेरा
ये आईना भी हुआ अब तो अजनबी मेरा
तमाम भीड़ में कोई भी ग़म-गुसार नहीं
मेरे नसीब में ऐ दोस्त तेरा प्यार नहीं

ये दर्द क्या है ये ग़म क्या है? कौन दिखलाए?
ये प्यार क्या है सितम क्या है? कौन समझाए?
जब अपने दिल पे क़यामत भी ना-गवार नहीं
मेरे नसीब में ऐ दोस्त तेरा प्यार नहीं

□

गीत—आनंद बख्शी
संगीत—लक्ष्मीकांत-प्यारेलाल
फिल्म—दो रास्ते (1969)
निर्माता—राज खोसला
निर्देशक—राज खोसला

न तुम बेवफ़ा हो

न तुम बेवफ़ा हो, न हम बेवफ़ा हैं
न तुम बेवफ़ा हो, न हम बेवफ़ा हैं
मगर क्या करें अपनी राहें जुदा हैं
न तुम बेवफ़ा हो, न हम बेवफ़ा हैं

जहाँ ठंडी-ठंडी हवा चल रही है
जहाँ ठंडी-ठंडी हवा चल रही है
किसी की मुहब्बत वहाँ जल रही है
ज़मीं-आसमाँ हमसे दोनों ख़फ़ा हैं
न तुम बेवफ़ा हो, न हम बेवफ़ा हैं

कभी एक आँसू वो गिरने न देते
कभी एक आँसू वो गिरने न देते
अगर आज भी वो निगाहों में होते
निगाहों को ये फ़ासला चुभ रहा है
न तुम बेवफ़ा हो, न हम बेवफ़ा हैं

भटकती हैं राहें, नज़र में धुआँ है
भटकती हैं राहें, नज़र में धुआँ है
ख़बर ही नहीं है कि जाना कहाँ है
तुम्हारे बिना ज़िंदगी गुमशुदा है
न तुम बेवफ़ा हो, न हम बेवफ़ा हैं

मुहब्बत अधूरी, जवानी अधूरी
मुहब्बत अधूरी, जवानी अधूरी
लक़ीरों में लिक्खी कहानी अधूरी
मुक़म्मल मगर हिज्र की दास्ताँ है
न तुम बेवफ़ा हो, न हम बेवफ़ा हैं

ग़लतफ़हमियाँ भी नहीं दरमियाँ हैं
ग़लतफ़हमियाँ भी नहीं दरमियाँ हैं
यही तो हमारी समझदारियाँ हैं
कि इक–दूसरे पर भरोसा रहा है
न तुम बेवफ़ा हो, न हम बेवफ़ा हैं

दुआ कर रहे हैं, दुआ ही करेंगे
दुआ कर रहे हैं, दुआ ही करेंगे
दुबारा चमन में तभी गुल खिलेंगे
दुआ के सिवा और हाथों में क्या है
न तुम बेवफ़ा हो, न हम बेवफ़ा हैं

ख़ता कुछ नहीं थी, सज़ा ज़िंदगी है
ख़ता कुछ नहीं थी, सज़ा ज़िंदगी है
ग़नीमत है लेकिन सज़ा आख़िरी है
कि अब मौत ही दोनों के दरमियाँ है
न तुम बेवफ़ा हो, न हम बेवफ़ा हैं

□

गीत—राजेंद्र कृष्ण
संगीत—मदन मोहन
फिल्म—एक कली मुसकाई (1968)
निर्माता—पंचदीप चित्रा
निर्देशक—वसंत जोगलेकर

बड़ी सूनी-सूनी है

बड़ी सूनी-सूनी है ज़िंदगी ये ज़िंदगी
बड़ी सूनी-सूनी है ज़िंदगी ये ज़िंदगी
मैं ख़ुद से हूँ यहाँ अजनबी, अजनबी
बड़ी सूनी-सूनी है

कभी एक पल भी कहीं ये उदासी
दिल मेरा भूले
तभी मुस्कराकर दबे पाँव आकर
दुःख मुझे छू ले
न कर मुझसे ग़म मेरे दिल्लगी ये, दिल्लगी
बड़ी सूनी-सूनी है

यूँ ही थक-थकाकर गले से लगाकर
ग़म मेरा सोया
मेरे आँसुओं में मेरा दर्द आकर
सौ दफ़ा रोया
मगर कम हुई नहीं बे-दिली ये, बे-दिली
बड़ी सूनी-सूनी है

कोई अजनबी-सा मेरा एक साथी
फिर मुझे ढूँढ़े
मुझे याद करके यूँ ही मुस्कराके
ग़म मेरा पूछे
कोई ख़त्म कर भी दे बेरुख़ी ये, बेरुख़ी
बड़ी सूनी-सूनी है

कभी बैठे-बैठे यूँ ही आँसुओं में
दिल मेरा डूबे
कोई ज़ख़्म मेरा, मुझे याद करके
जैसे मुझे छू ले
मुझे भूलती नहीं भूलके वो याद भी
बड़ी सूनी-सूनी है

□

गीत—योगेश
संगीत—एस.डी. बर्मन
फिल्म—मिली (1975)
निर्माता—ऋषिकेश मुखर्जी
निर्देशक—ऋषिकेश मुखर्जी, एन.सी. सिप्पी

यारा सीली सीली

यारा सीली सीली बिरहा की रात का जलना
यारा सीली सीली बिरहा की रात का जलना
ये भी कोई जीना है, ये भी कोई मरना
यारा सीली सीली बिरहा की रात का जलना

टूटी हुई चूड़ियों से जोडूँ ये कलाई मैं
पिछली गली में जाने क्या छोड़ आई मैं
टूटी हुई चूड़ियों से जोडूँ ये कलाई मैं
पिछली गली में जाने क्या छोड़ आई मैं
बीती हुई गलियों से
बीती हुई गलियों से
फिर से गुज़रना
यारा सीली सीली, ढोला सीली सीली
ओ यारा सीली सीली बिरहा की रात का जलना
यारा सीली सीली, ढोला सीली सीली

अपनों में जाने कैसे हुआ हूँ पराया मैं
चलते-चलते जाने कितनी दूर चला आया मैं
अपनों में जाने कैसे हुआ हूँ पराया मैं
चलते-चलते जाने कितनी दूर चला आया मैं
घर पे रोज़ आता है
घर पे रोज़ आता है, मेरा बहाना
यारा सीली सीली, ढोला सीली सीली
ओ यारा सीली सीली बिरहा की रात का जलना
यारा सीली सीली, ढोला सीली सीली

पेट काट जोड़ी मैंने कैसी ये कमाई रे
मेरी तन्हाइयों में हुई है रिहाई रे
पेट काट जोड़ी मैंने कैसी ये कमाई रे
मेरी तन्हाइयों में हुई है रिहाई रे
मरते मरते जीना है
मरते-मरते जीना है, जीते-जीते मरना
यारा सीली सीली, ढोला सीली सीली
ओ यारा सीली सीली बिरहा की रात का जलना
यारा सीली सीली, ढोला सीली सीली

□

गीत—गुलज़ार
संगीत—हृदयनाथ मंगेशकर
फिल्म—लेकिन (1991)
निर्माता—लता मंगेशकर, हृदयनाथ मंगेशकर, बाल फुले
निर्देशक—गुलज़ार

वो शाम कुछ अजीब थी

वो शाम कुछ अजीब थी, ये शाम भी अजीब है
वो कल भी पास-पास थी, वो आज भी क़रीब है
वो शाम कुछ अजीब थी

झुकी हुई निगाह में, कहीं मेरा ख़याल था
दबी-दबी हँसी में इक, हसीन-सा गुलाल था
मैं सोचता था, मेरा नाम गुनगुना रही है वो
न जाने क्यूँ लगा मुझे, के मुस्करा रही है वो
वो शाम कुछ अजीब थी, ये शाम भी अजीब है
वो कल भी पास-पास थी, वो आज भी क़रीब है

मिली मगर मिली नहीं, ख़ुशी मेरी हुई नहीं
वो एक पल रुकी, मगर फिर एक पल रुकी नहीं
मैं जानता हूँ मेरा प्यार आज़मा रही है वो
उसे भी प्यार है मगर मुझे सता रही है वो
वो शाम कुछ अजीब थी, ये शाम भी अजीब है
वो कल भी पास–पास थी, वो आज भी क़रीब है

ख़ुशी न थी मेरी कभी उसे भी ये मलाल था
मुझे लगा कि प्यार है, उसे भी ये ख़याल था
मैं सोचता था मेरा ख़्वाब बन के आ रही है वो
मगर सुबह ख़बर मिली के दूर जा रही है वो
वो शाम कुछ अजीब थी,
ये शाम भी अजीब है
वो कल भी पास–पास थी,
वो आज भी क़रीब है

□

गीत—गुलज़ार
संगीत—हेमंत कुमार
फिल्म—ख़ामोशी (1970)
निर्माता—हेमंत कुमार
निर्देशक—असित सेन

मादनो

है दिल को तेरी आरज़ू पर मैं तुझे न पा सकूँ
है दिल को तेरी जुस्तजू पर मैं तुझे न पा सकूँ
मैं हूँ शब तू सुबह, दोनों जुड़ के जुदा
मैं हूँ लब तू दुआ, दोनों जुड़ के जुदा
मादनो, माशुको, दिलबरा, मादनो रे

कई ख़्वाब दिल तुझको लेकर सजाए
पर ख़ौफ़ ये भी कहीं पर सताए
घर ये भी टूटे तो फिर होगा क्या रे
मुझे रास आती हैं ख़ुशियाँ कहाँ रे
क्यों दिल को दुखाना बेवजह मादनो रे
क्यों दिल को दुखाना बेवजह
फिर आँसू बहाना इक दफ़ा
फिर आँसू बहाना इक दफ़ा
मैं हूँ शब तू सुबह, दोनों जुड़ के जुदा
मैं हूँ लब तू दुआ, दोनों जुड़ के जुदा
मादनो, माशुको, दिलबरा, मादनो रे

हाँ तेरा साया तो मैं हूँ, पर संग तेरे न रह सकूँ
हाँ इस सफ़र में तो मैं हूँ, पर संग तेरे न रुक सकूँ
मैं हूँ शब तू सुबह, दोनों जुड़ के जुदा
मैं हूँ लब तू दुआ, दोनों जुड़ के जुदा
मादनो, माशुको, दिलबरा, मादनो रे

तेरा प्यार मेरा मुक़द्दर कहाँ रे
कहाँ बूँद, गहरा समुंदर कहाँ रे
लिखा है लक़ीरों में अपनी जुदाई
नहीं मौत तक आँसुओं से रिहाई
बस यूँ ही तड़पना है सदा मादनो रे
बस यूँ ही तड़पना है सदा
है दिल का मरज़ ये बे-दवा
है दिल का मरज़ ये बे-दवा
कैसी है तिश्नगी, जलकर बुझती नहीं
ठहरी है ज़िंदगी, साँसें रुकती नहीं
मादनो, माशुको, दिलबरा, मादनो रे

तुझे देखकर जाने क्यों ये लगा रे
तेरा-मेरा जन्मों का है राबता रे
मिलें मंज़िलें, न मिलें कौन जाने
मेरा दिल ख़ुदा को लगा आज़माने
तुझे देखूँ मैं देखूँ जिस जगह मादनो रे
तुझे देखूँ मैं देखूँ जिस जगह
अब पाने को बाक़ी क्या रहा
अब पाने को बाक़ी क्या रहा
तुझको ढूँढ़ा किया, हरसू मैं बेवजह
तू है मुझमें निहाँ, धड़कन के दरमियाँ
मादनो, माशुको, दिलबरा, मादनो रे

तुझको ही माना ज़िंदगी, पर मैं तुझे न जी सकूँ
है दरमियाँ इक फ़ासला, नज़दीक कितना भी रहूँ
मैं हूँ शब तू सुबह, दोनों जुड़ के जुदा
मैं हूँ लब तू दुआ, दोनों जुड़ के जुदा
मादनो, माशुको, दिलबरा, मादनो रे

□

गीत—सईद क़ादरी
संगीत—मिथुन
फिल्म—लम्हा (2010)
निर्माता—राहुल ढोलकिया
निर्देशक—बंटी वालिया, जसप्रीत सिंह वालिया

जिएँ क्यूँ

न आए हो, न आओगे, न फ़ोन पे बुलाओगे
न शाम की करारी चाय, लबों से यूँ पिलाओगे
न आए हो, न आओगे, न दिन ढले सताओगे
न रात की नशीली बाय से, नींद में जगाओगे
गए तुम गए हो क्यूँ, रात बाक़ी है
गए तुम गए हो क्यूँ, साथ बाक़ी है
गए तुम गए, हम थम गए, हर बात बाक़ी है
गए क्यूँ, तो जिएँ क्यूँ

न आए हो, न आओगे, न दूरियाँ दिखाओगे
न थाम के वो जोश में, यूँ होश से उड़ाओगे
न आए हो, न आओगे, न झूठ से सुनाओगे
न रूठ के सिरहाने में, रिमोट को छुपाओगे
गए तुम गए हो क्यूँ, रात बाक़ी है

आँख भी थम गई, ना थकी
रात भी न बँटी, ना कटी
रात भी छेड़ती, मारती
नींद भी लुट गई, छिन गई
रात भी न सही, ना रही
रात भी लाज़मी, ज़ालिमी
गए तुम गए हो क्यूँ, रात बाक़ी है

न आए हो, न आओगे, न हसरतें बढ़ाओगे
निगाहों में मेरी मगर वो ख़्वाब फिर सजाओगे
न आए हो, न आओगे, न ज़िंदगी से जाओगे
ख़यालों में मुझे यूँ ही, हँसाओगे, रुलाओगे
गए तुम गए हो क्यूँ, रात बाक़ी है

न आए हो, न आओगे, न आस ही जगाओगे
न देखकर मुझे कभी गले से तुम लगाओगे
न आए हो, न आओगे, न ही ख़ता बताओगे
ख़ामोशियों से ही मेरी सज़ा यूँ ही सुनाओगे
गए तुम गए हो क्यूँ, रात बाक़ी है

ज़िंदगी, ज़िंदगी ना रही
साँस क्यूँ आ रही, जा रही
एक तेरी ही कमी हर घड़ी
याद बन के मुझे खा रही
ढूँढ़ता हूँ जहाँ मैं ख़ुशी
तेरा ग़म ही मिला हर कहीं
गए तुम गए हो क्यूँ, रात बाक़ी है

□

गीत—जयदीप साहनी
संगीत—प्रीतम
फिल्म—दम मारो दम (2011)
निर्माता—रमेश सिप्पी
निर्देशक—रोहन सिप्पी

जो उनकी तमन्ना है

जो उनकी तमन्ना है, बर्बाद हो जा
तो ऐ दिल, मुहब्बत की क़िस्मत बना दे
तड़प और तड़पकर अभी जान दे दे
यूँ मरते हैं मर जानेवाले दिखा दे
जो उनकी तमन्ना है, बर्बाद हो जा

न उनका तबस्सुम तेरे वास्ते है
न तेरे लिए उनकी ज़ुल्फ़ों के साये
तू बे-आस फिर क्यूँ जिए जा रहा है?
जवानी में ये ज़िंदगानी लुटा दे
जो उनकी तमन्ना है, बर्बाद हो जा

करे न कोई यूँ किसी से मुहब्बत
अगर दरमियाँ हो ज़रा सी भी दूरी
तो इन फ़ासलों को मिटाने की ख़ातिर
फ़ना होके हस्ती ख़ुद अपनी मिटा दे
जो उनकी तमन्ना है, बर्बाद हो जा

तबाही का मंज़र भुलाना है मुश्किल
जहाँ जल रहे थे मुहब्बत के क़िस्से
लगी न बुझेगी, निगाहों से चाहे
तू अश्क़ों के बदले लहू भी बहा दे
जो उनकी तमन्ना है, बर्बाद हो जा

गया वो तुझे ऐसी दुनिया में लाकर
जहाँ से कोई लौट पाया नहीं है
क्यूँ बेकार ढूँढ़े है अपनी रिहाई?
इसी दर्द में ज़िंदगानी बिता दे
जो उनकी तमन्ना है, बर्बाद हो जा

□

गीत—राजेंद्र कृष्ण
संगीत—लक्ष्मीकांत-प्यारेलाल
फिल्म—इंतेक़ाम (1969)
निर्माता—दीवान नय्यर
निर्देशक—आर.के. नय्यर

•••

नहीं हो तुम तो मेरी हिचकियों में कौन है आख़िर
जो हल्का दर्द है उसमें तुम्हारा नाम है ज़ाहिर
नहीं हैं वक़्त कि पाबंदियों में प्यार की **यादें**
वो तड़पाती हैं सुबहो-शाम ही मुझको बहुत ज़्यादा

•••

याद किया दिल ने

याद किया दिल ने कहाँ हो तुम
झूमती बहार है कहाँ हो तुम
प्यार से पुकार लो जहाँ हो तुम

खो रहे हो आज किस ख़याल में
दिल फँसा है बेबसी के जाल में
खो रहे हो आज किस ख़याल में
दिल फँसा है बेबसी के जाल में
मतलबी जहाँ मेहरबाँ हो तुम
याद किया दिल ने कहाँ हो तुम
प्यार से पुकार लो जहाँ हो तुम

बस गए हो तुम मेरी निगाह में
मंज़िलें हैं अब तुम्हारी राह में
बस गए हो तुम मेरी निगाह में
मंज़िलें हैं अब तुम्हारी राह में
ज़िंदगी सफ़र, रहनुमा हो तुम
याद किया दिल ने कहाँ हो तुम
प्यार से पुकार लो जहाँ हो तुम

इक तरफ़ हैं धड़कनों की ख़्वाहिशें
इक तरफ़ हैं प्यार की सिफारिशें
इक तरफ़ हैं धड़कनों की ख़्वाहिशें
इक तरफ़ हैं प्यार की सिफारिशें
दोनों के ही दरमियाँ हो तुम
याद किया दिल ने कहाँ हो तुम
प्यार से पुकार लो जहाँ हो तुम

अब तुम्हारे बिन नहीं है ज़िंदगी
अब तेरी ख़ुशी में है मेरी ख़ुशी
अब तुम्हारे बिन नहीं है ज़िंदगी
अब तेरी ख़ुशी में है मेरी ख़ुशी
टूटती है साँस गर जुदा हो तुम
याद किया दिल ने कहाँ हो तुम
प्यार से पुकार लो जहाँ हो तुम

□

गीत—हसरत जयपुरी
संगीत—शंकर-जयकिशन
फिल्म—पतिता (1953)
निर्माता-निर्देशक—अमिया चक्रवर्ती

रात भर आपकी याद

आपकी याद आती रही रात भर
चश्म-ए-नम मुस्कराती रही रात भर
आपकी याद आती रही

रात भर दर्द की शमा जलती रही
ग़म की लौ थरथराती रही रात भर
आपकी याद आती रही

ख़्वाब में इक मुलाक़ात होने को थी
नींद दस्तक लगाती रही रात भर
आपकी याद आती रही

रात भर धूप का ख़ौफ़ था इस क़दर
कोई आहट डराती रही रात भर
आपकी याद आती रही

रात भर प्यार की ओस पड़ती रही
जिस्म की आँच आती रही रात भर
आपकी याद आती रही

रात की ज़िंदगी ख़त्म होने को थी
हिज्र की बात आती रही रात भर
आपकी याद आती रही

□

गीत—शहरयार
संगीत—जयदेव
फिल्म—ग़मन (1978)
निर्माता—मुज़फ़्फ़र अली
निर्देशक—मुज़फ़्फ़र अली

जब चली ठंडी हवा

जब चली ठंडी हवा, जब उठी काली घटा
मुझको ऐ जान-ए-वफ़ा, तुम याद आए
जब चली ठंडी हवा, जब उठी काली घटा
मुझको ऐ जान-ए-वफ़ा, तुम याद आए

ज़िंदगी की दास्ताँ चाहे कितनी हो हसीं
बिन तुम्हारे कुछ नहीं, बिन तुम्हारे कुछ नहीं
क्या मज़ा आता सनम, आज भूले से कहीं
तुम भी आ जाते यहीं, तुम भी आ जाते यहीं
ये बहारें, ये फ़िज़ा, देखकर ओ दिलरुबा
जाने क्या दिल को हुआ तुम याद आए
जब चली ठंडी हवा, जब उठी काली घटा
मुझको ऐ जान-ए-वफ़ा, तुम याद आए

कल जहाँ थे तुम सनम मुझको बाँहों में लिये
आज उस साहिल पे हूँ, रेत हाथों में लिये
देख दरिया की लहर किस क़दर ख़ामोश है
शोर इक दिल में लिये, शोर इक दिल में लिये
हर तरफ़ ख़ामोशी यहाँ धड़कनों ने दी सदा
देख क़दमों के निशाँ, तुम याद आए
जब चली ठंडी हवा, जब उठी काली घटा
मुझको ऐ जान-ए-वफ़ा, तुम याद आए

है ख़बर मुझको सनम चाहे कितनी दूर हो
मैं इधर मजबूर हूँ, तुम उधर मजबूर हो
चाहे जितना ग़म मिले, चाहे जितना दर्द हो
मैं तुम्हें मंज़ूर हूँ, तुम मुझे मंज़ूर हो
सोचकर तेरी ख़ुशी, आ गई लब पर हँसी
आँख से आँसू बहा, तुम याद आए
जब चली ठंडी हवा, जब उठी काली घटा
मुझको ऐ जान-ए-वफ़ा, तुम याद आए

□

गीत—शकील बदायूँनी
संगीत—रवि
फिल्म—दो बदन (1966)
निर्माता—हुडा बिहारी
निर्देशक—राज खोसला

जब-जब बहार आई

जब-जब बहार आई और फूल मुस्कराए
मुझे तुम याद आए, मुझे तुम याद आए
जब-जब भी चाँद निकला और तारे जगमगाए
मुझे तुम याद आए, मुझे तुम याद आए

अपना कोई तराना मैंने नहीं बनाया
तुमने मेरे लबों पे हर एक सुर सजाया
जब-जब मेरे तराने दुनिया ने गुनगुनाए
मुझे तुम याद आए, मुझे तुम याद आए

रिश्तों से ज़िंदगी के वादे सभी निभाए
इक डोर में तुम्हीं ने मोती सभी पिरोए
जब-जब ये डोर टूटी, रिश्ते हुए पराए
मुझे तुम याद आए, मुझे तुम याद आए

महफ़िल बदल गई है, रातें बदल गई हैं
तुमसे कही-सुनी जो बातें बदल गई हैं
जब-जब नज़र ने फिर से वो पल मुझे दिखाए
मुझे तुम याद आए, मुझे तुम याद आए

माना कि तुम नहीं हो अब साथ में हमारे
फिर भी समय-समय पे करते रहे इशारे
जब-जब हुई ये कश्ती तूफ़ान के हवाले
मुझे तुम याद आए, मुझे तुम याद आए

□

गीत—आनंद बख्शी
संगीत—लक्ष्मीकांत-प्यारेलाल
फिल्म—तक़दीर (1967)
निर्माता—ताराचंद बड़जात्या
निर्देशक—ए. सलाम

जाने क्या बात है

जाने क्या बात है, जाने क्या बात है
नींद नहीं आती, बड़ी लंबी रात है

सारी-सारी रात मुझे इसने जगाया
जैसे कोई सपना, जैसे कोई साया
कोई नहीं लगता है, कोई मेरे साथ है
जाने क्या बात है, जाने क्या बात है
नींद नहीं आती, बड़ी लंबी रात है

हर पल निगाहें मेरी देखें तुझे ही
बेख़याली में भी पिया सोचें तुझे ही
जैसे बिना मौसम तेज़ बरसात है
जाने क्या बात है, जाने क्या बात है
नींद नहीं आती, बड़ी लंबी रात है

हर एक धड़कन तेरा नाम पुकारे
जैसे कोई कश्ती साहिल किनारे
डूबी जा रही है, कोई नहीं पास है
जाने क्या बात है, जाने क्या बात है
नींद नहीं आती, बड़ी लंबी रात है

लत लग गई है तेरी ऐ दिल-फ़रेबी
कह नहीं सकती, मगर शायद मुझे भी
प्यार हो गया है, महके जज़्बात हैं
जाने क्या बात है, जाने क्या बात है
नींद नहीं आती, बड़ी लंबी रात है

□

गीत—आनंद बख्शी
संगीत—आर.डी. बर्मन
फिल्म—सनी (1984)
निर्माता—अमरजीत
निर्देशक—राज खोसला

जिन्हें हम भूलना चाहें

जिन्हें हम भूलना चाहें वो अकसर याद आते हैं
बुरा हो इस मुहब्बत का वो क्योंकर याद आते हैं
जिन्हें हम भूलना चाहें वो अकसर याद आते हैं

भुलाएँ किस तरह उनको कभी पी थी उन आँखों से
कभी पी थी उन आँखों से
छलक जाते हैं जब आँसू
छलक जाते हैं जब आँसू वो साग़र याद आते हैं
जिन्हें हम भूलना चाहें वो अकसर याद आते हैं

वो बातें, वो मुलाक़ातें, मुहब्बत की वो सौग़ातें
मुहब्बत की वो सौग़ातें
जुदा होकर वो सब मुझको
जुदा होकर वो सब मुझको बराबर याद आते हैं
जिन्हें हम भूलना चाहें वो अकसर याद आते हैं

उड़ी है नींद आँखों से, जगे हैं वो हसीं सपने
जगे हैं वो हसीं सपने
जली हैं मुंतज़िर आँखें
जली हैं मुंतज़िर आँखें वो शब भर याद आते हैं
जिन्हें हम भूलना चाहें वो अकसर याद आते हैं

वो ज़ुल्फ़ों का अँधेरा था या छाए थे घने बादल
या छाए थे घने बादल
कभी जो टूटकर बरसे
कभी जो टूटकर बरसे थे मुझ पर याद आते हैं
जिन्हें हम भूलना चाहें वो अकसर याद आते हैं

वो सीली रेत का साहिल जहाँ इक नाम लिक्खा था
जहाँ इक नाम लिक्खा था
लक़ीरों में वहाँ डूबे
लक़ीरों में वहाँ डूबे मुक़द्दर याद आते हैं
जिन्हें हम भूलना चाहें वो अकसर याद आते हैं
□

गीत—जी.एल. राव
संगीत—सोनिक-ओमी
फिल्म—आबरू (1968)
निर्माता—बी.एल. रावल
निर्देशक—सी.एल. रावल

दिन ढल जाए हाय

दिन ढल जाए हाय रात न जाए
तू तो न आए तेरी याद सताए

प्यार में जिनके सब जग छोड़ा
और हुए बदनाम
उनके ही हाथों हाल हुआ ये
बैठे हैं दिल को थाम
अपने कभी थे अब हैं पराए
दिन ढल जाए हाय

चाँद-सितारे फूल ये ख़ुशबू
कुछ भी न मन को भाये
कोई ख़बर ना आए कहीं से
चैन कहीं ना आए
कौन जतन करूँ कौन उपाय
दिन ढल जाए हाय

एक ज़माना ऐसा भी था
मरने को थे तैयार
वक़्त हुआ है क़ातिल मेरा
और वो हैं तलवार
क़त्ल हुए हम बैठे-बिठाये
दिन ढल जाए हाय

एक सफ़र था, एक ही मंज़िल
एक हमारी राह
धूल पड़ी जो आँख में अपनी
दोनों हुए गुमराह
मिलके भी दोनों मिल ही न पाये
दिन ढल जाए हाय

□

गीत—शैलेंद्र
संगीत—एस.डी. बर्मन
फिल्म—गाइड (1965)
निर्माता—देव आनंद
निर्देशक—विजय आनंद

याद न जाए

याद न जाए
बीते दिनों की
जाके न आए जो दिन
दिल क्यों बुलाए उन्हें
दिल क्यों बुलाए

दिन जो पखेरू होते
पिंजरे में मैं रख लेता
पालता उनको जतन से
मोती के दाने देता
सीने से रहता लगाए
याद न जाए

रातों में जागीं आँखें
आँखों में जागीं रातें
याद करती हैं हर पल
बीते दिनों की बातें
चैनो-सुकून गँवाए
याद न जाए

होता अगर ये बस में
जाता समय के घर में
ढूँढ़कर गुज़रे लम्हे
कहता इन्हें दोहराए
चाहे क़यामत आए
याद न जाए

उम्मीद दिल से लगाए
यादों में तेरे साये
आते हैं मुझसे मिलने
दामन में फूल खिलाए
पर वो क़रीब न आए
याद न जाए

राहों पे फूल बिछाए
बैठा हूँ आस लगाए
एक दिन अपने मिलन की
ख़ुशियाँ मेरे घर आएँ
पलकों पे ख़्वाब सजाए
याद न जाए

□

गीत—शैलेंद्र
संगीत—शंकर-जयकिशन
फिल्म—दिल एक मंदिर (1963)
निर्माता—चित्रालय फिल्म्स
निर्देशक—सी.वी. श्रीधर

वो भूली दास्ताँ

वो भूली दास्ताँ लो फिर याद आ गई
नज़र के सामने घटा-सी छा गई
वो भूली दास्ताँ लो फिर याद आ गई

कहाँ से फिर चले आए, ये कुछ भटके हुए साये
ये कुछ भूले हुए नग़मे, जो मेरे प्यार ने गाए
ये कुछ बिछड़ी हुई यादें, ये कुछ टूटे हुए सपने
पराए हो गए तो क्या, कभी ये भी तो थे अपने
न जाने इनसे क्यूँ मिलकर, नज़र शरमा गई
वो भूली दास्ताँ लो फिर याद आ गई

कभी सोचा न था पहले, कभी जाना न था पहले
मुहब्बत ही जुदाई है, मैं ये समझा न था पहले
कभी वो रूठ जाते हैं, कभी वो ठीक रहते हैं
वो मुझसे दूर होकर भी, बहुत नज़दीक रहते हैं
कभी बरसी ख़ुशी उनकी, कभी तरसा गई
वो भूली दास्ताँ लो फिर याद आ गई

अजब अपनी कहानी है, न राजा है न रानी है
ज़माना है नया लेकिन, वही दुनिया पुरानी है
अलग से रास्ते इसके, अलग कुछ मोड़ है इसमें
न वादे हैं मुसाफ़िर से, न मंज़िल से कोई क़समें
न जाने किस तरह उनसे नज़र टकरा गई
वो भूली दास्ताँ लो फिर याद आ गई

लक़ीरों में ख़ुदा जाने ये क्या तक़दीर लिक्खी है
मैं पानी देखता हूँ जब, कोई तस्वीर दिखती है
समुंदर में उठी लहरें, ज़मीन-ओ-आसमाँ ठहरे
लगाए हैं मुक़द्दर ने, मेरे दिल पर कई पहरे
अगर उनकी ख़बर मुझ तक हवा पहुँचा गई
वो भूली दास्ताँ लो फिर याद आ गई

□

गीत—राजेंद्र कृष्ण
संगीत—मदन मोहन
फिल्म—संजोग (1961)
निर्माता—ओमप्रकाश
निर्देशक—प्रमोद चक्रवर्ती

•••

है मुझको काम से ही काम रखने में यक़ीं अब तो
ग़मों से दूर रहने में ही मिलती है ख़ुशी अब तो
जिएँ वो भी, जियूँ **मैं** भी, इसी आसाँ रवैये से
लगी है ज़िंदगी आसान भी मुझको बहुत ज़्यादा

•••

नाम गुम जाएगा

नाम गुम जाएगा, चेहरा ये बदल जाएगा
मेरी आवाज़ ही पहचान है, गर याद रहे

वक़्त के सितम कम हसीं नहीं
आज हैं यहाँ, कल कहीं नहीं
वक़्त से परे अगर मिल गए कहीं
मेरी आवाज़ ही पहचान है, गर याद रहे

बात वो न थी जो कही गई
बात वो थी जो दिल में रह गई
फ़ुरसतों के पल अगर फिर मिलें कहीं
मेरी आवाज़ ही पहचान है, गर याद रहे

ख़्वाब ही तो थे, लम्हे जो जिए
ख़्वाब रह गए, जो न जी सके
नींद में कहीं अगर करवटें मिलें
मेरी आवाज़ ही पहचान है, गर याद रहे

आज भी उसी मोड़ पे कहीं
वक़्त है रुका, ज़िंदगी थमी
नब्ज़ चल पड़े अगर फिर मिलें वहीं
मेरी आवाज़ ही पहचान है, गर याद रहे

□

गीत—गुलज़ार
संगीत—आर.डी. बर्मन
फिल्म—किनारा (1977)
निर्माता—प्राणलाल मेहता
निर्देशक—गुलज़ार

ऐ दिल-ए-नादाँ

ऐ दिल-ए-नादाँ, ऐ दिल-ए-नादाँ
आरजू क्या है? जुस्तजू क्या है?
ऐ दिल-ए-नादाँ

हम भटकते हैं
क्यूँ भटकते हैं?
दश्त-ओ-सेहरा में
ऐसा लगता है
मौज प्यासी है
अपने दरिया में
कैसी उलझन है?
क्यूँ ये उलझन है?
एक साया-सा
रु-ब-रु क्या है?
ऐ दिल-ए-नादाँ

तू तड़पता है
क्यूँ तड़पता है?
शाम-ए-तन्हाई
क्यूँ निगाहों से
चैन खोया है
नींद खोई है
जिस्म ख़ाली है
रूह ख़ाली है
फिर तसव्वुर में
हू-ब-हू क्या है?
ऐ दिल-ए-नादाँ

ये सदा क्या है?
धड़कनें ठहरी
क्यूँ हैं सीने में?
ज़िंदगी तेरी
क्यूँ झिझकती है?
साथ जीने में
बेज़ुबाँ तू है
जाँ-ब-लब मैं हूँ
फिर तेरी मुझसे
गुफ़्तगू क्या है?
ऐ दिल-ए-नादाँ

□

गीत—कैफ़ी आज़मी
संगीत—खय्याम
फिल्म—रज़िया सुल्तान (1983)
निर्माता—ए.के. मिश्रा
निर्देशक—कमाल अमरोही

अभी मुझमें कहीं

अभी मुझमें कहीं बाक़ी थोड़ी सी है ज़िंदगी
जगी धड़कन नई जाना ज़िंदा हूँ मैं तो अभी
कुछ ऐसी लगन इस लम्हे में है
ये लम्हा कहाँ था मेरा?
अब है सामने इसे छू लूँ ज़रा
मर जाऊँ या जी लूँ ज़रा
ख़ुशियाँ चूम लूँ या रो लूँ ज़रा
मर जाऊँ या जी लूँ ज़रा

धूप में जलते हुए तन को छाया पेड़ की मिल गई
रूठे बच्चे की हँसी जैसे फुसलाने से फिर खिल गई
कुछ ऐसा ही अब महसूस दिल को हो रहा है
बरसों के पुराने ज़ख़्म पे मरहम लगा-सा है
कुछ ऐसा रहम है, इस लम्हे में है
ये लम्हा कहाँ था मेरा
अब है सामने इसे छू लूँ ज़रा
मर जाऊँ या जी लूँ ज़रा
ख़ुशियाँ चूम लूँ या रो लूँ ज़रा
मर जाऊँ या जी लूँ ज़रा

सौ बरस की प्यास में जैसे तरसी थी निगाहें मेरी
एक वीराने से सहरा में ले आई थी राहें मेरी
एक ख़ुशबू कोई चुपके से दिल के पास आए
मुझको लेके बाँहों में वो ख़ुद मुझमें समा जाए
एक ऐसी अगन इस लम्हे में है
ये लम्हा कहाँ था मेरा
अब है सामने इसे छू लूँ ज़रा
मर जाऊँ या जी लूँ ज़रा
ख़ुशियाँ चूम लूँ या रो लूँ ज़रा
मर जाऊँ या जी लूँ ज़रा

मेरी तन्हाई की दुनिया में शहनाई-सी आई है वो
मुस्कराहट में मेरी जैसे रानाई-सी आई है वो
अब मेरे ख़यालों में उसी का नूर बरसे
इक पल के लिए भी दूर हो तो ज़िंदगी तरसे
एक ऐसा करम इस लम्हे में है
ये लम्हा कहाँ था मेरा
अब है सामने इसे छू लूँ ज़रा
मर जाऊँ या जी लूँ ज़रा
ख़ुशियाँ चूम लूँ या रो लूँ ज़रा
मर जाऊँ या जी लूँ ज़रा

□

गीत—अमिताभ भट्टाचार्य
संगीत—अजय-अतुल
फिल्म—अग्निपथ (2012)
निर्माता—हीरू यश जौहर, करन जौहर
निर्देशक—करन मल्होत्रा

कोई गाता मैं सो जाता

कोई गाता मैं सो जाता
कोई गाता मैं सो जाता
कोई गाता

संस्कृति के विस्तृत सागर पर
सपनों की नौका के अंदर
सुख-दुःख की लहरों पर उठ गिर
बहता जाता मैं सो जाता
कोई गाता मैं सो जाता
कोई गाता

जब सपनों में खोना चाहूँ
स्मृतियाँ कुछ जल जाती हैं
विरह की इस ज्वाला से यदि
मैं बुझ पाता, मैं सो जाता
कोई गाता मैं सो जाता
कोई गाता

मेरा मन चंचल वेग चपल
कभी इत डोले, कभी उत भागे
क्षण भर को इक आलिंगन में
जो रुक पाता मैं सो जाता
कोई गाता मैं सो जाता
कोई गाता

पदचाप कोई हर क्षण आए
और मन को विस्मित कर जाए
कोई मन की अभिलाषा यदि
पूरी करता मैं सो जाता
कोई गाता मैं सो जाता
कोई गाता

□

गीत—हरिवंश राय बच्चन
संगीत—जयदेव
फिल्म—आलाप (1977)
निर्माता—ऋषिकेश मुखर्जी, एन.सी. सिप्पी,
रोमू एन. सिप्पी
निर्देशक—ऋषिकेश मुखर्जी

बहारों मेरा जीवन भी

बहारों मेरा जीवन भी सँवारों
कोई आए कहीं से
कोई आए कहीं से यूँ पुकारो
बहारों मेरा जीवन भी सँवारों
बहारो

तुम्हीं से दिल ने सीखा है तड़पना
तुम्हीं से दिल ने सीखा है तड़पना
तुम्हीं को दोष दूँगी
तुम्हीं को दोष दूँगी ऐ नज़ारो
बहारो

उजाला लेके आए चाँद मेरा
उजाला लेके आए चाँद मेरा
उसे तुम रास्ता दो
उसे तुम रास्ता दो, ऐ सितारों
बहारो

गुज़र जाएगी मेरी ज़िंदगानी
गुज़र जाएगी मेरी ज़िंदगानी
तुम अगर साथ मेरे
तुम अगर साथ में दो पल गुज़ारो
बहारो

बड़ा बेताब है दिल का समुंदर
बड़ा बेताब है दिल का समुंदर
कोई कश्ती भँवर में
कोई कश्ती भँवर में तुम उतारो
बहारो

मुहब्बत जीत जाएगी हमारी
मुहब्बत जीत जाएगी हमारी
कोई तूफ़ान आए
कोई तूफ़ान आए, तुम न हारो
बहारो

□

गीत—कैफ़ी आज़मी
संगीत—खय्याम
फिल्म—आख़िरी ख़त (1966)
निर्माता—हिमालय फिल्म्स
निर्देशक—चेतन आनंद

मैं ज़िंदगी का साथ

मैं ज़िंदगी का साथ निभाता चला गया
हर फ़िक्र को धुएँ में उड़ाता चला गया

बरबादियों का सोग मनाना फ़िज़ूल था
बरबादियों का जश्न मनाता चला गया
हर फ़िक्र को धुएँ में उड़ा

होली का प्यार हो या मुहब्बत हो ईद की
त्योहार हर ख़ुशी का मनाता चला गया
हर फ़िक्र को धुएँ में उड़ा

हमराह बन गए हैं ज़माने के रास्ते
मैं कारवाँ कुछ ऐसा बनाता चला गया
हर फ़िक्र को धुएँ में उड़ा

पहचान दुश्मनों की न आई मुझे कभी
जो लग गया गले से लगाता चला गया
हर फ़िक्र को धुएँ में उड़ा

दुनिया का कोई कर्ज़ न एहसान है मगर
साँसों की किस्त रोज़ चुकाता चला गया
हर फ़िक्र को धुएँ में उड़ा

मैं ज़िंदगी से ख़ैर कभी रूठ न सका
नाराज़ हो तो उसको मनाता चला गया
हर फ़िक्र को धुएँ में उड़ा

रहने का कोई ठौर-ठिकाना न था मेरा
मैं फिर भी आशियाने बनाता चला गया
हर फ़िक्र को धुएँ में उड़ा

□

गीत—साहिर लुधियानवी
संगीत—जयदेव
फिल्म—हम दोनों (1961)
निर्माता—देव आनंद
निर्देशक—अमरजीत

मैंने दिल से कहा

मैंने दिल से कहा ढूँढ़ लाना ख़ुशी
नासमझ लाया ग़म तो ये ग़म ही सही

बेचारा कहाँ जानता है
ख़लिश है ये, क्या ख़ला है
शहर भर की ख़ुशी से
ये दर्द मेरा भला है
जश्न अब रास न आए
मज़ा तो बस ग़म में आया है
मैंने दिल से कहा

अजब सी ये ज़िंदगी है
जो दिल ने ख़ुद ही चुनी है
कहानियों में भी नहीं ये
जो मैंने अब तक सुनी है
ग़मों से इश्क़ है इतना
ख़ुशी अच्छी नहीं लगती
मैंने दिल से कहा

न जाने कैसी बेख़ुदी है
अँधेरों में भी रोशनी है
निगाहें जो भी देखती हैं
ये तू है या तेरी कमी है
समझ कुछ भी नहीं आए
कहाँ हूँ मैं, कहाँ साये
मैंने दिल से कहा

ख़ुशी जो मुझे ढूँढ़ती है
तेरा पता ही पूछती है
ज़ुबाँ पे चुप-सी लगी है
ख़बर कुछ भी नहीं है
लहर जब भी कोई आए
फ़क़त आँसू बहा जाए
मैंने दिल से कहा

□

गीत—नीलेश मिश्रा
संगीत—एम.एम. करीम
फिल्म—रोग (2005)
निर्माता—पूजा भट्ट
निर्देशक—हिमांशु ब्रह्मभट्ट

यहाँ मैं अजनबी हूँ

यहाँ मैं अजनबी हूँ, यहाँ मैं अजनबी हूँ
मैं जो हूँ बस वही हूँ, मैं जो हूँ बस वही हूँ
यहाँ मैं अजनबी हूँ, यहाँ मैं अजनबी हूँ

कहाँ शामो-सहर ये, कहाँ दिन-रात मेरे
बहुत रुसवा हुए हैं, यहाँ जज़्बात मेरे
नई तहज़ीब है ये, नया है ये ज़माना
मगर मैं आदमी हूँ, वही सदियों पुराना
मैं क्या जानूँ ये बातें, ज़रा इंसाफ़ करना
मेरी गुस्ताख़ियों को ख़ुदारा माफ़ करना
यहाँ मैं अजनबी हूँ, यहाँ मैं अजनबी हूँ

तुम्हारी दास्ताँ में नहीं शामिल मेरा दिल
तुम्हारे इम्तिहाँ के नहीं काबिल मेरा दिल
ये पत्थर का नहीं है न हो जज़्बात जिसमें
समझता है ये वादा समझता है ये क़समें
ये है मासूम लेकिन समझता है इशारा
पराई ज़िंदगी में नहीं अपना गुज़ारा
यहाँ मैं अजनबी हूँ, यहाँ मैं अजनबी हूँ

तुम्हें मेरी ख़बर क्या, मुझे तेरा पता क्या
मुक़द्दर बन गए तुम तो है मेरी ख़ता क्या
ख़ुदा वालों ने मुझको बता डाला है काफ़िर
मुहब्बत के सफ़र ने किया तेरा मुसाफ़िर
मेरी इक बात सुन लो चला जाऊँगा आख़िर
मुझे तुम भूल जाना नहीं याद आऊँगा फिर
यहाँ मैं अजनबी हूँ, यहाँ मैं अजनबी हूँ

तुम्हारी दिल्लगी है, मेरी सादा-दिली है
तुम्हारी मुस्कराहट मेरे दिल में खिली है
तुम्हें है आज़माना, ख़ुशी से आज़माओ
मैं तुमको याद रक्खूँ, मुझे तुम भूल जाओ
सजाओ महफ़िलें तुम, मैं तन्हा चुप रहूँगा
मैं ख़्वाबों में जिया था, मैं ख़्वाबों में मरूँगा
मैं आख़िर अजनबी हूँ, मैं आख़िर अजनबी हूँ
□

गीत—आनंद बख़्शी
संगीत—कल्याणजी-आनंदजी
फिल्म—जब जब फूल खिले (1975)
निर्माता—चेतन के.
निर्देशक—सूरज प्रकाश

एक अकेला इस शहर में

एक अकेला इस शहर में
रात में और दोपहर में
आब-ओ-दाना ढूँढ़ता है
आशियाना ढूँढ़ता है
एक अकेला इस शहर में

दिन ख़ाली-ख़ाली बरतन है
और रात है जैसे अंधा कुआँ
इन सूनी अँधेरी आँखों में
आँसू की जगह आता है धुआँ
जीने की वजह तो कोई नहीं
मरने का बहाना ढूँढ़ता है
ढूँढ़ता है, ढूँढ़ता है
एक अकेला इस शहर में

आकाश से ऊँचे ख़्वाब हुए
और पंख कहीं पे मिलता नहीं
उम्मीद ही गिरती रहती है
आकाश जगह से हिलता नहीं
औरों की कहानी में जाकर
अपना अफ़साना ढूँढ़ता है
ढूँढ़ता है, ढूँढ़ता है
एक अकेला इस शहर में

दरवाज़े सभी के टोह लिये
आवाज़ पे जो खुलते ही नहीं
सब रिश्ते-नाते देख लिये
जो दिल से कभी मिलते ही नहीं
तस्वीर लिये अब आँखों में
अपने-सा दीवाना ढूँढ़ता है
ढूँढ़ता है, ढूँढ़ता है
एक अकेला इस शहर में

□

गीत—गुलज़ार
संगीत—जयदेव
फिल्म—घरौंदा (1977)
निर्माता—भीमसेन
निर्देशक—भीमसेन

•••

है अपनी **ज़िंदगी** से प्यार भी मुझको बहुत ज़्यादा
मिली अकसर मगर दुत्कार भी मुझको बहुत ज़्यादा
बहुत आसानियाँ हैं ज़िंदगी में फिर भी जीने को
लगी है ज़िंदगी दुश्वार भी मुझको बहुत ज़्यादा

•••

ऐ ज़िंदगी गले लगा ले

ऐ ज़िंदगी, गले लगा ले
हमने भी तेरे हर इक ग़म को
गले से लगाया है, है ना
ऐ ज़िंदगी, गले लगा ले

हमने बहाने से छुप के ज़माने से
पलकों के परदे में घर भर लिया
तेरा सहारा मिल गया है ज़िंदगी
ऐ ज़िंदगी, गले लगा ले

तेरी निगाहों ने उल्फ़त की राहों पे
ख़्वाबो-ख़यालों में घर कर लिया
दिलकश नज़ारा मिल गया है ज़िंदगी
ऐ ज़िंदगी, गले लगा ले

जितनी ख़ुशी अपने हिस्से में आई है
हमने तो उसमें ही मन भर लिया
अपना गुज़ारा मिल गया है ज़िंदगी
ऐ ज़िंदगी, गले लगा ले

आँखों में आया था, आँसू पराया था
छलका तो दामन में दाग़ आ गया
तेरा इशारा मिल गया है ज़िंदगी
ऐ ज़िंदगी, गले लगा ले

रिश्तों से रूठा था, अंबर से टूटा था
दिल आरज़ू में पड़के मारा गया
अपना सितारा मिल गया है ज़िंदगी
ऐ ज़िंदगी, गले लगा ले

□

गीत—गुलज़ार
संगीत—इलैयाराजा
फिल्म—सदमा (1983)
निर्माता—राज एन. सिप्पी, रोमू एन. सिप्पी
निर्देशक—बालू महेंद्र

आगे भी जाने ना तू

आगे भी जाने ना तू, पीछे भी जाने न तू
जो भी है बस यही एक पल है
आगे भी जाने ना तू

अंजाने सायों का राहों में डेरा है
अनदेखी बाँहों ने हम सबको घेरा है
ये पल उजाला है बाक़ी अँधेरा है
ये पल गँवाना ना ये पल ही तेरा है
जीने वाले सोच ले, यही वक़्त है
कर ले पूरी आरज़ू
आगे भी जाने ना तू

इक पल निराशा है, इक पल दिलासा है
सबको हँसाएगा, इक पल तमाशा है
इक पल की शम्मा है, इक पल में आँधी है
ये पल जो रोशन है, ये पल ही बाक़ी है
जीने वाले सोच ले, यही वक़्त है
कर ले पूरी आरज़ू
आगे भी जाने ना तू

इक पल में आना है, इक पल में जाना है
इक पल मुसाफ़िर है, इक पल ठिकाना है
इक पल है ख़ामोशी, इक पल में मस्ती है
दुनिया बदल देना, इक पल की हस्ती है
जीने वाले सोच ले, यही वक़्त है
कर ले पूरी आरज़ू
आगे भी जाने ना तू

इस पल मुहब्बत है, उस पल जुदाई है
इस पल तमन्ना है, उस पल रिहाई है
इस पल वो अपना है, उस पल पराया है
इस पल से रिश्ता भी पल ने बनाया है
इस पल मचलता है, उस पल सँभलता है
फिर पल झपकते ही ये पल बदलता है
जीने वाले सोच ले, यही वक़्त है
कर ले पूरी आरज़ू
आगे भी जाने ना तू

इस पल का वादा है, इस पल ज़ियादा है
उस पल भुला देना, पल का इरादा है
इस पल ये धारा है, उस पल किनारा है
इक पल जो थम जाए, पल का इशारा है
ये पल दिलासा है, पल में सितम होगा
इक पल का क़िस्सा है, पल में ख़तम होगा
जीने वाले सोच ले, यही वक़्त है
कर ले पूरी आरज़ू
आगे भी जाने ना तू

□

गीत—साहिर लुधियानवी
संगीत—रवि
फिल्म—वक़्त (1965)
निर्माता—बी.आर. चोपड़ा
निर्देशक—यश चोपड़ा

इक बगल में चाँद होगा

इक बगल में चाँद होगा, इक बगल में रोटियाँ
इक बगल में नींद होगी, इक बगल में लोरियाँ
हम चाँद पे रोटी की चादर डालकर सो जाएँगे
और नींद से कह देंगे लोरी कल सुनाने आएँगे

इक बगल में खनखनाती सीपियाँ हो जाएँगी
इक बगल में कुछ रुलाती सिसकियाँ हो जाएँगी
हम सीपियों में भर के सारे तारे छू के आएँगे
और सिसकियों को गुदगुदी कर-कर के यूँ बहलाएँगे

एक बगल में इश्क़ होगा, एक बगल तन्हाइयाँ
एक बगल में ख़्वाब होगा, एक बगल महरूमियाँ
हम इश्क़ में साक़ी के हाथों ज़हर पीकर आएँगे
और ख़्वाब की महरूमियों को दफ़्न करते जाएँगे

फिर न कोई ख़्वाब होगा, फिर न कोई इश्किया
फिर न कोई याद होगी, फिर न कोई हिचकियाँ
ज़िंदगी अपने लिए जी लेंगे अपनी शर्त पर
फ़र्श पर होगी तमन्ना और ज़रूरत अर्श पर

फिर कोई परवाह न होगी जी लिया कि मर गए
ठान ली जो ज़िंदगी में काम उतना कर गए
मर गए तो मर गए मरना है सबको एक दिन
जी गए तो जीत लेंगे ये ज़मीं और ये गगन

हम हक़ीक़त की ज़ुबानी तब लिखेंगे चाँद पर
कामयाबी की कहानी होगी अपने नाम पर
तब हमारी सादगी पर हुस्न मरने आएगा
इश्क़ लेकिन मर चुका है लौटकर न आएगा
□

गीत—पीयूष मिश्रा
संगीत—पीयूष मिश्रा
फिल्म—गैंग्स ऑफ वासेपुर (2012)
निर्माता—अनुराग कश्यप, सुनील वोहरा, वायोकॉम 18
निर्देशक—अनुराग कश्यप

इस मोड़ से जाते हैं

इस मोड़ से जाते हैं
कुछ सुस्त क़दम रस्ते कुछ तेज़ क़दम राहें
पत्थर की हवेली को शीशे के घरौंदों में
तिनकों के नशेमन तक, इस मोड़ से जाते हैं
इस मोड़ से जाते हैं

आँधी की तरह उड़कर इक राह गुज़रती है
आँधी की तरह उड़कर इक राह गुज़रती है
शरमाती हुई कोई क़दमों से उतरती है
इन रेशमी राहों में इक राह तो वो होगी
तुम तक जो पहुँचती है इस मोड़ से जाती है
इस मोड़ से जाते हैं

इक उम्र गुज़रती है, जब साँस ठहरती है
इक उम्र गुज़रती है, जब साँस ठहरती है
हर साँस में अब जैसे इक उम्र गुज़रती है
इस दर्द के सीने में इक आह तो वो होगी
तुम तक जो पहुँचती है, इस मोड़ से जाती है
इस मोड़ से जाते हैं

इक प्यास अधूरी सी घटती है, न बढ़ती है
इक प्यास अधूरी सी घटती है, न बढ़ती है
इक आस अधूरी सी जीती है, न मरती है
इस आस के दामन में इक चाह तो वो होगी
तुम तक जो पहुँचती है, इस मोड़ से जाती है
इस मोड़ से जाते हैं

□

गीत—गुलज़ार
संगीत—आर.डी. बर्मन
फिल्म—आँधी (1975)
निर्माता—जे. ओमप्रकाश
निर्देशक—गुलज़ार

इक प्यार का नग़मा है

इक प्यार का नग़मा है, मौजों की रवानी है
ज़िंदगी और कुछ भी नहीं, तेरी-मेरी कहानी है
इक प्यार का नग़मा है

कुछ पाकर खोना है, कुछ खोकर पाना है
जीवन का मतलब तो आना और जाना है
दो पल के जीवन से इक उम्र चुरानी है
ज़िंदगी और कुछ भी नहीं
तेरी-मेरी कहानी है
एक प्यार का नग़मा है

मैं धूप का साया हूँ, तू शाम सुहानी है
मैं जिस्म हूँ मुरझाया, तू मेरी जवानी है
अब उम्र जो बाक़ी है, तुझमें ही बितानी है
ज़िंदगी और कुछ भी नहीं
तेरी-मेरी कहानी है
एक प्यार का नग़मा है

तू फूल है बगिया का और मैं तेरा माली हूँ
बिन मेरे अधूरा तू, बिन तेरे मैं ख़ाली हूँ
ख़ुशबू ये मुहब्बत की दुनिया से बचानी है
ज़िंदगी और कुछ भी नहीं
तेरी-मेरी कहानी है
एक प्यार का नग़मा है

बादल को बरसना है, ख़ुशबू को बिखरना है
मौसम की तरह हमको मिलना है बिछड़ना है
हर रात के दामन में सुबह की निशानी है
ज़िंदगी और कुछ भी नहीं
तेरी-मेरी कहानी है
एक प्यार का नग़मा है

□

गीत—संतोष आनंद
संगीत—लक्ष्मीकांत-प्यारेलाल
फिल्म—शोर (1972)
निर्माता—मनोज कुमार, शशि गोस्वामी
निर्देशक—मनोज कुमार

अजीब दास्ताँ है ये

अजीब दास्ताँ है ये कहाँ शुरू कहाँ ख़तम
ये मंज़िलें हैं कौन सी, न वो समझ सके न हम
अजीब दास्ताँ है ये

ये रोशनी के साथ क्यों धुआँ उठा चिराग़ से
ये ख़्वाब देखती हूँ मैं के जग पड़ी हूँ ख़्वाब से
अजीब दास्ताँ है ये

मिले हैं यूँ भी रास्ते, सफ़र में हमसफ़र हुए
फिर एक मोड़ आ गया वो अपनी रहगुज़र हुए
अजीब दास्ताँ है ये

ये मेरे सर पे है ज़मीं या नीचे आसमान है
मैं बाग़बाँ हूँ फूल का या फूल बाग़बान है
अजीब दास्ताँ है ये

हवा चली तो क्यूँ मुझे किसी की आहटें मिलीं
ख़बर मिली तो हर दफ़ा क्यूँ दिल को राहतें मिलीं
अजीब दास्ताँ है ये

उदासियाँ हैं दर्द में या आरज़ू की नाव है
ये डूबती हैं कश्तियाँ कि साहिलों पे पाँव हैं
अजीब दास्ताँ है ये

समझ सके नहीं कभी ये प्यार है कि इम्तिहाँ
क्यूँ मुसकरा के सह गए, जो दर्द की है इंतिहा
अजीब दास्ताँ है ये

अजीब फ़ासले हैं ये, अजीब इंतज़ार है
है वक़्त बेवफ़ा मगर क्यूँ इसपे ऐतबार है
अजीब दास्ताँ है ये

□

गीत—शैलेंद्र
संगीत—शंकर-जयकिशन
फिल्म—दिल अपना और प्रीत पराई (1960)
निर्माता—कमाल अमरोही
निर्देशक—किशोर साहू

कभी बेबसी ने मारा

ये ग़ज़ल है न गीत है कोई
ये मेरे दर्द की कहानी है
मेरे सीने में सिर्फ शोले हैं
मेरी आँखों में सिर्फ पानी है
कभी बेबसी ने मारा, कभी बेकसी ने मारा
गिला मौत से नहीं है, मुझे ज़िंदगी ने मारा
कभी बेबसी ने मारा

मुक़द्दर पे कुछ ज़ोर चलता नहीं
वो मौसम है ये जो बदलता नहीं
मुक़द्दर पे कुछ ज़ोर चलता नहीं
वो मौसम है ये जो बदलता नहीं

कहीं थी ये बदनसीबी, कहीं थी मेरी ग़रीबी
कहीं थी मेरी ग़रीबी
किस-किस का नाम लूँ मैं मुझे हर किसी ने मारा
गिला मौत से नहीं है, गिला मौत से नहीं है
मुझे ज़िंदगी ने मारा
कभी बेबसी ने मारा

मुहब्बत क़यामत नहीं है अगरचे
क़यामत से ज़्यादा असर छोड़ती है
रहे ज़िंदगी और जीने के काबिल
मुहब्बत कहाँ ये कसर छोड़ती है

मेरी रात का सवेरा, मेरा आईना था मेरा
मेरा आईना था मेरा
मुझे दिल्लगी ने तोड़ा, मुझे आशिक़ी ने मारा
गिला मौत से नहीं है, गिला मौत से नहीं है
मुझे ज़िंदगी ने मारा
कभी बेबसी ने मारा

कहाँ मयक़दा था, कहाँ मेरी इज़्ज़त
मगर जबसे देखी ख़ुशी की हक़ीक़त
ज़रूरत पड़ी ग़म भुलाने की मुझको
लगी साक़िया फिर मुझे तेरी आदत

किसे थी ख़बर दवा में, है मिली ज़हर की बूँदें
हैं मिली ज़हर की बूँदें
मुझे मयकशी ने लूटा, मुझे बेख़ुदी ने मारा
गिला मौत से नहीं है, गिला मौत से नहीं है
मुझे ज़िंदगी ने मारा
कभी बेबसी ने मारा

नहीं और कोई जो तोड़े मेरा दिल
नहीं और कोई जो मुझको हरा दे
है मुझमें ही मुझको हराने की ताक़त
कोई अहल-ए-दुनिया को जाकर बता दे

मेरी दुश्मनी मुझी से, महँगी पड़ी है आख़िर
महँगी पड़ी है आख़िर
मुझे क़द-कशी ने काटा, मुझे ख़ुदकुशी ने मारा
गिला मौत से नहीं है, गिला मौत से नहीं है
मुझे ज़िंदगी ने मारा
कभी बेबसी ने मारा

□

गीत—आनंद बख्शी
संगीत—आर.डी. बर्मन
फिल्म—अलग-अलग (1985)
निर्माता—राजेश खन्ना, कुसुम निरूला
निर्देशक—शक्ति सामंत

कुछ तो लोग कहेंगे

कुछ तो लोग कहेंगे
लोगों का काम है कहना
छोड़ो बेकार की बातों में
कहीं बीत न जाए रैना
कुछ तो लोग कहेंगे

कुछ रीत जगत् की ऐसी है
हर एक सुबह की शाम हुई
तू कौन है तेरा नाम है क्या
सीता भी यहाँ बदनाम हुई
फिर क्यूँ संसार की बातों से
भीग गए तेरे नैना
कुछ तो लोग कहेंगे

देखो तो भोर हुई है अब
जो रात गई तो बात गई
सूरज भी गवाही देता है
अब धूप हुई बरसात गई
उठ छोड़के ये मायूसी अब
है साथ सुबह के चलना
कुछ तो लोग कहेंगे

दुनिया क्या कहती है सुनकर
अपना जीवन दुश्वार हुआ
कहनेवाले कहते ही रहे
सुननेवाला बेज़ार हुआ
फिर क्यूँ सहना इन बातों को ?
क्यूँ सुनकर भी चुप रहना ?
कुछ तो लोग कहेंगे

ये दुनिया सौदे की दुनिया
एक हाथ लिया एक हाथ दिया
जो हर रिश्ते को भूल गई
और बेगानों को साथ लिया
गर काम नहीं तुम आ सकते
तो आस कोई मत रखना
कुछ तो लोग कहेंगे

□

गीत—आनंद बख्शी
संगीत—आर.डी. बर्मन
फिल्म—अमर प्रेम (1972)
निर्माता—शक्ति सामंत
निर्देशक—शक्ति सामंत

कुछ दिल ने कहा

कुछ दिल ने कहा, कुछ भी नहीं
कुछ दिल ने सुना, कुछ भी नहीं
ऐसी भी बातें होती हैं
ऐसी भी बातें होती हैं
कुछ दिल ने कहा

लेता है दिल अँगड़ाइयाँ
इस दिल को समझाए कोई
अरमाँ न आँखें खोल दे
रुसवा न हो जाए कोई
पलकों की ठंडी सेज पर
सपनों की परियाँ सोती हैं
ऐसी भी बातें होती हैं
ऐसी भी बातें होती हैं
कुछ दिल ने कहा

दिल की मुसीबत ये नहीं
दिल में दबी इक प्यास है
तकलीफ़ दिल की है यही
साँसें लेती इक आस है
दिल की लगी इस दर्द से
पाती है या कुछ खोती है
ऐसी भी बातें होती हैं
ऐसी भी बातें होती हैं
कुछ दिल ने कहा

गहरे समुंदर के तले
कुछ ग़म हैं, कुछ ख़ुशियाँ मिलें
है ज़िंदगी शिकवा कभी
कुछ ज़िंदगी को हैं गिले
आँखों को कैसे हो ख़बर
आँसू में कितने मोती हैं
ऐसी भी बातें होती हैं
ऐसी भी बातें होती हैं
कुछ दिल ने कहा

□

गीत—कैफ़ी आज़मी
संगीत—हेमंत कुमार
फिल्म—अनुपमा (1966)
निर्माता—एल.बी. लक्ष्मण
निर्देशक—ऋषिकेश मुखर्जी

कैसी पहेली ज़िंदगानी

नई नहीं नई ये बातें ये बातें हैं पुरानी
कैसी पहेली है ये कैसी पहेली ज़िंदगानी
थामा हाँ रोका इसको किसने है ये तो बहता पानी
कैसी पहेली है ये कैसी पहेली ज़िंदगानी

पी ले इसे इसमें नशा
जिसने पिया वो ग़म में भी हँसा
पल में हँसाए और पल में रुलाए ये कहानी
कैसी पहेली है ये कैसी पहेली ज़िंदगानी
थामा हाँ रोका इसको किसने है ये तो बहता पानी
कैसी पहेली है ये कैसी पहेली ज़िंदगानी

है ज़िंदगी बस पल दो पल
ज़िंदा है तू तो जी भी ले ज़रा
कर ले तू मन की और कुछ दिन रहेगी ये जवानी
कैसी पहेली है ये कैसी पहेली ज़िंदगानी
थामा हाँ रोका इसको किसने है ये तो बहता पानी
कैसी पहेली है ये कैसी पहेली ज़िंदगानी

ग़म जो मिले ख़ुशियाँ मना
ग़म के बिना ये ज़िंदगी है क्या
ग़म में मिलाके पी ले जो भी बची है शादमानी
कैसी पहेली है ये कैसी पहेली ज़िंदगानी
थामा हाँ रोका इसको किसने है ये तो बहता पानी
कैसी पहेली है ये कैसी पहेली ज़िंदगानी

□

गीत—स्वानंद किरकिरे
संगीत—शांतनु मोइत्रा
फिल्म—परिणीता (2005)
निर्माता—विधु विनोद चोपड़ा
निर्देशक—प्रदीप सरकार

ज़िंदगी का सफ़र

ज़िंदगी का सफ़र है, ये कैसा सफ़र
कोई समझा नहीं, कोई जाना नहीं
है ये कैसी डगर, चलते हैं सब मगर
कोई समझा नहीं, कोई जाना नहीं

ज़िंदगी को बहुत प्यार हमने दिया
मौत से भी मुहब्बत निभाएँगे हम
रोते-रोते ज़माने में आए मगर
हँसते-हँसते ज़माने से जाएँगे हम
जाएँगे पर किधर, है किसे ये ख़बर
कोई समझा नहीं, कोई जाना नहीं
ज़िंदगी का सफ़र

ज़िंदगी चार दिन की मुलाक़ात है
जिसमें दो दिन दुपहरी है, दो रात है
दिन सुलगता रहा धूप की आग में
रात ख़्वाबो-ख़यालों की बरसात है
प्यार के चार पल क्यूँ हुए मुख़्तसर
कोई समझा नहीं, कोई जाना नहीं
ज़िंदगी का सफ़र

ज़िंदगी रूठकर आज़माती रही
आए दिन हम पे पहरे लगाती रही
क़ैद में देखकर ऐसी लाचारियाँ
मौत हम पे सदा मुस्कराती रही
हर घड़ी हर पहर, है ये कैसा क़हर
कोई समझा नहीं, कोई जाना नहीं
ज़िंदगी का सफ़र

□

गीत—इंदीवर
संगीत—कल्याणजी-आनंदजी
फिल्म—सफ़र (1970)
निर्माता—मुशीर-रियाज़
निर्देशक—असित सेन

तुझसे नाराज़ नहीं

तुझसे नाराज़ नहीं ज़िंदगी, हैरान हूँ मैं
तेरे मासूम सवालों से परेशान हूँ मैं
हो परेशान हूँ मैं

जीने के लिए सोचा ही नहीं
दर्द सँभालने होंगे
मुस्कराए तो, मुस्कराने के
कर्ज उतारने होंगे
मुस्कराऊँ कभी तो लगता है
जैसे होंठों पे कर्ज रखा है
तुझसे नाराज़ नहीं ज़िंदगी, हैरान हूँ मैं
हो हैरान हूँ मैं

ज़िंदगी कभी रुकती नहीं
आए कोई, कोई जाए
आज मगर गुज़रा नहीं
आज को कल से बचाए
दर्द की लंबी उम्र से हमने
एक लम्हा चुरा के रखा था
तुझसे नाराज़ नहीं ज़िंदगी, हैरान हूँ मैं
हो हैरान हूँ मैं

बात कोई बात ही नहीं
प्यार अगर समझाए
दर्द कोई दर्द नहीं
वक़्त अगर मुस्कराए
वक़्त की शाख़ से हर पतझड़ ने
एक रिश्ता निभा के रखा था
तुझसे नाराज़ नहीं ज़िंदगी, हैरान हूँ मैं
हो हैरान हूँ मैं

□

गीत—गुलज़ार
संगीत—आर.डी. बर्मन
फिल्म—मासूम (1983)
निर्माता—चंदा दत्त, देवी दत्त
निर्देशक—शेखर कपूर

ये क्या हुआ?

ये क्या हुआ, कैसे हुआ, कब हुआ
क्यों हुआ, जब हुआ, तब हुआ
ओ छोड़ो, ये न सोचो
ये क्या हुआ

हम क्यूँ शिकवा करें झूठा
क्या हुआ जो दिल टूटा
शीशे का खिलौना था
कुछ-न-कुछ तो होना था, हुआ
ये क्या हुआ

हमने तो पत्थरों से वफ़ा की
उम्मीद लगा ली
टुकड़ों को ढोना था
एक दिन ये होना था, *हुआ*
ये क्या हुआ

फूलों का इतना सा फ़साना
समझा तो ये जाना
काँटों पे सोना था
ज़ख़्मी तो होना था, *हुआ*
ये क्या हुआ

नज़रों से नज़रों की बातें
वो हसीं मुलाक़ातें
नज़रों का धोखा था
ये भरम तो होना था, *हुआ*
ये क्या हुआ

□

गीत—आनंद बख़्शी
संगीत—आर.डी. बर्मन
फिल्म—अमर प्रेम (1972)
निर्माता—शक्ति सामंत
निर्देशक—शक्ति सामंत

सजन रे झूठ मत बोलो

सजन रे झूठ मत बोलो, ख़ुदा के पास जाना है
न हाथी है न घोड़ा है, वहाँ पैदल ही जाना है
सजन रे झूठ मत बोलो, ख़ुदा के पास जाना है

तुम्हारे महल-चौबारे
यहीं रह जाएँगे सारे
अकड़ किस बात की प्यारे
ये सर फिर भी झुकाना है
सजन रे झूठ मत बोलो
ख़ुदा के पास जाना है

सही क्या है, ग़लत क्या है?
नज़रिए से अलग क्या है?
अदालत में तलब क्या है?
अदालत में तलब क्या है?
सज़ा किसको सुनाना है?
सजन रे झूठ मत बोलो
ख़ुदा के पास जाना है?

जो दिखता है, वो बिकता है
तू आख़िर क्यूँ सिसकता है?
जो नीलामी से बचता है
जो नीलामी से बचता है
वही सबसे सयाना है
सजन रे झूठ मत बोलो
ख़ुदा के पास जाना है?

कोई रिश्तों का है मारा
कोई आँखों का है तारा
समय का खेल है सारा
समय का खेल है सारा
जो इक दिन हार जाना है
सजन रे झूठ मत बोलो
ख़ुदा के पास जाना है?

□

गीत—शैलेंद्र
संगीत—शंकर-जयकिशन
फिल्म—तीसरी कसम (1966)
निर्माता—शैलेंद्र
निर्देशक—बासु भट्टाचार्य

ख़ामोशियाँ

ख़ामोशियाँ आवाज़ हैं
तुम सुनने तो आओ कभी
छूकर तुम्हें खिल जाएँगी
घर इनको बुलाओ कभी
बेक़रार हैं बात करने को
कहने दो इनको ज़रा
ख़ामोशियाँ, तेरी-मेरी, ख़ामोशियाँ
ख़ामोशियाँ, लिपटी हुई, ख़ामोशियाँ

क्या उस गली में कभी तेरा जाना हुआ
जहाँ से ज़माने को गुज़रे ज़माना हुआ
मेरा समय तो वहीं पे है ठहरा हुआ
बताऊँ तुम्हें क्या मेरे साथ क्या-क्या हुआ
ख़ामोशियाँ एक साज़ हैं
तुम धुन कोई लाओ ज़रा
ख़ामोशियाँ अल्फ़ाज़ हैं
कभी आ गुनगुना ले ज़रा
बेक़रार हैं बात करने को
कहने दो इनको ज़रा
ख़ामोशियाँ तेरी-मेरी

फूलों की ख़ुशबू गिला कोई करती नहीं
चंचल हवाएँ कभी कुछ भी कहती नहीं
भँवरे भी चुपचाप फूलों पे मर-मिट गए
तितली भी ख़ामोशियों से निकलती नहीं
ख़ामोशियाँ अंदाज़ हैं
महकना तो सीखो ज़रा
ख़ामोशियाँ इक राज़ हैं
किसी को बताना है क्या
बेक़रार हैं बात करने को
कहने दो इनको ज़रा
ख़ामोशियाँ तेरी-मेरी

चंदा का आशिक़ चकोरा भी ख़ामोश है
बिछड़ने पे टूटा सितारा भी ख़ामोश है
शम्मा के जलने में शामिल हैं ख़ामोशियाँ
परवाने भी हैं मुहब्बत में हँसके फ़ना
ख़ामोशियाँ नासाज़ हैं
कभी हाल पूछो ज़रा
ख़ामोशियाँ नाराज़ हैं
चले आओ अब तुम यहाँ
बेक़रार हैं बात करने को
कहने दो इनको ज़रा
ख़ामोशियाँ तेरी-मेरी

□

गीत—रश्मि सिंह
संगीत—जीत गांगुली
फिल्म—ख़ामोशियाँ (2014)
निर्माता—मुकेश भट्ट
निर्देशक—करन दारा

•••

हुआ है वक़्त तुमसे **अलविदा** कहने का अब शायद
तुम्हें मैं याद आ जाऊँ किसी दिन बेसबब शायद
अगर उस पल तुम्हारी आँख में आँसू ख़ुशी के हों
सुकूँ होगा अदम के पार भी मुझको बहुत ज़्यादा

•••

आज जाने की ज़िद

आज जाने की जिद ना करो
यूँ ही पहलू में बैठे रहो
यूँ ही पहलू में बैठे रहो
आज जाने की जिद ना करो
हाय मर जाएँगे
हम तो लुट जाएँगे
ऐसी बातें किया ना करो
आज जाने की जिद ना करो

तुम ही सोचो जरा क्यूँ न रोकें तुम्हें
जान जाती है जब उठ के जाते हो तुम
तुमको अपनी क़सम जाने-जाँ
बात इतनी मेरी मान लो
आज जाने की जिद ना करो

चंद लम्हों में ही रात होने को है
नर्म फूलों की बरसात होने को है
गर हमारी नहीं जाने-जाँ
बात मौसम की ही मान लो
आज जाने की ज़िद ना करो

यूँ ही बैठो ज़रा देख लें हम तुम्हें
तुम हमारे मुक़द्दर की तस्वीर हो
इसके बदले मेरी जाने-जाँ
जान भी चाहे तुम माँग लो
आज जाने की ज़िद ना करो

दास्ताँ अब तलक है अधूरी मेरी
पास बैठो इसे तुम मुक़म्मल करो
आज है ये मेहर, जाने-जाँ
कल मुलाक़ात फिर हो न हो
आज जाने की ज़िद ना करो

□

गीत—फ़य्याज़ हाशमी
संगीत—सोहेल राना

आज की रात मेरे

आज की रात मेरे दिल की सलामी ले ले
दिल की सलामी ले ले
कल तेरी बज़्म से दीवाना चला जाएगा
शम्मा रह जाएगी परवाना चला जाएगा
आज की रात मेरे दिल की सलामी ले ले
दिल की सलामी ले ले

तेरी महफ़िल तेरे जलवे हों मुबारक तुझको
तेरी उल्फ़त से नहीं आज भी इनकार मुझे
तेरा मयख़ाना सलामत रहे ऐ जान-ए-वफ़ा
मुस्कराकर तू ज़रा देख ले एक बार मुझे
फिर तेरे प्यार का मस्ताना चला जाएगा
कल तेरी बज़्म से दीवाना चला जाएगा
शम्मा रह जाएगी परवाना चला जाएगा
आज की रात मेरे

तेरे ही दिल में बनाया था मुहब्बत का जहाँ
आज के बाद नहीं कोई ठिकाना मेरा
देखकर तुझको हँसा करते थे आँसू मेरे
मुस्कराने का नहीं और बहाना मेरा
अब मेरी आँख का मुस्काना चला जाएगा
कल तेरी बज़्म से दीवाना चला जाएगा
शम्मा रह जाएगी परवाना चला जाएगा
आज की रात मेरे

दिल ने सौ बार मुहब्बत से पुकारा लेकिन
तेरी दुनिया है बहुत दूर पहुँच से इसकी
तुझको ख़्वाबों में तलाशा मेरी रातों ने मगर
बस अँधेरों में भटकती रही राहें इसकी
अब तेरे दर पे मेरा आना चला जाएगा
कल तेरी बज़्म से दीवाना चला जाएगा
शम्मा रह जाएगी परवाना चला जाएगा
आज की रात मेरे

भूल जाना तो तुझे ख़ैर नहीं है मुमकिन
रोज़ मर-मर के गुज़ारेंगे बचे हैं जो दिन
याद कुछ ज़्यादा ही आई जो किसी रोज़ अगर
दर्द में डूबके के भी दिल को रहा होश अगर
दिल सुकूँ ढूँढ़ता मयख़ाना चला जाएगा
कल तेरी बज़्म से दीवाना चला जाएगा
शम्मा रह जाएगी परवाना चला जाएगा
आज की रात मेरे

□

गीत—शकील बदायूँनी
संगीत—नौशाद
फिल्म—राम और श्याम (1967)
निर्माता—चक्रपाणि, बी. नागी रेड्डी
निर्देशक—तापी चाणक्य

अच्छा चलता हूँ

अच्छा चलता हूँ दुआओं में याद रखना
मेरे जिकर का ज़ुबाँ पे स्वाद रखना
दिल के संदूकों में मेरे अच्छे काम रखना
चिट्ठी तारों में भी मेरा तू सलाम रखना
अँधेरा तेरा
मैंने ले लिया मेरा उजला सितारा तेरे नाम किया
चन्ना मेरेया मेरेया
चन्ना मेरेया मेरेया
चन्ना मेरेया मेरेया बेलिया, ओ पिया

महफ़िल में तेरी हम ना रहें जो
ग़म तो नहीं है, ग़म तो नहीं है
क़िस्से हमारी नजदीकियों के
कम तो नहीं हैं, कम तो नहीं हैं
कितनी दफ़ा
सुबहा को मेरी तेरे आँगन में बैठे मैंने शाम किया
चन्ना मेरेया मेरेया

इतना अकेला था मैं कि दिल में
दर्द नहीं था, दर्द नहीं था
पाने से पहले खोने का तुझको
डर तो नहीं था, डर तो नहीं था
तू ना मिला
दर्द मिला जिसने दिल पे दवाओं जैसा काम किया
चन्ना मेरेया मेरेया

जितनी मुहब्बत है आज मुझको
तुमको भी होगी, तुमको भी होगी
तुम भी हमारे बिन एक पल भी
रह ना सकोगी, रह ना सकोगी
होगा पता
उस दिन तुझे मैंने कितनी दुआएँ तेरे नाम किया
चन्ना मेरेया मेरेया

□

गीत—अमिताभ भट्टाचार्य
संगीत—प्रीतम
फिल्म—ऐ दिल है मुश्किल (2016)
निर्माता—करन जौहर, हीरू जौहर, अपूर्वा मेहता
निर्देशक—करन जौहर

अभी ना जाओ छोड़कर

अभी ना जाओ छोड़कर
के दिल अभी भरा नहीं

अभी-अभी तो आई हो, अभी-अभी तो
अभी-अभी तो आई हो, बहार बन के छाई हो
हवा ज़रा महक तो ले, नजर ज़रा बहक तो ले
ये शाम ढल तो ले ज़रा
ये शाम ढल तो ले ज़रा, ये दिल सँभल तो ले ज़रा
मैं थोड़ी देर जी तो लूँ, नशे के घूँट पी तो लूँ
नशे के घूँट पी तो लूँ
अभी तो कुछ कहा नहीं, अभी तो कुछ सुना नहीं
अभी ना जाओ छोड़कर के दिल अभी भरा नहीं

चली गई
चली गई अभी अगर तो चाँद रात का सफ़र
अकेला कर न पाएगा
अकेला कर न पाएगा मुझे भी तो जगाएगा
ये नींद टूट जाएगी, वो ख़्वाब रूठ जाएगा
सुबह न मुस्कराएगी, न प्यार से बताएगी
कि मैं तुम्हारी हूँ सनम, ये झूठा वायदा नहीं
मगर कहोगे तुम सदा कि दिल अभी भरा नहीं
अभी ना जाओ छोड़कर के दिल अभी भरा नहीं

तुम्हारी हूँ
तुम्हारी हूँ मैं जाने-जाँ, ईमान से, अमान से
यक़ीं नहीं तो पूछ लो
यक़ीं नहीं तो पूछ लो ज़मीं से आसमान से
फ़िज़ा ये गुनगुनाएगी, हवा तुम्हें बताएगी
जो दिल में है मेरे, मगर ज़ुबाँ से कुछ कहा नहीं
ये उम्रभर का प्यार है, ये वक़्त की तरह नहीं
है सच यही ऐ जाने-जाँ के दिल अभी भरा नहीं
अभी ना जाओ छोड़कर के दिल अभी भरा नहीं

□

गीत—साहिर लुधियानवी
संगीत—जयदेव
फिल्म—हम दोनों (1961)
निर्माता—देव आनंद
निर्देशक—अमरजीत

तू जहाँ-जहाँ चलेगा

तू जहाँ-जहाँ चलेगा
मेरा साया साथ होगा

कभी मुझको याद करके
जो बहेंगे तेरे आँसू
तो वहीं पे रोक लेंगे
उन्हें आके मेरे आँसू
तू जिधर का रुख़ करेगा
मेरा साया साथ होगा

तेरा प्यार ज़िंदगी है
मेरे जीने की वजह है
तू कहीं नहीं है तन्हा
मेरा प्यार हर जगह है
तू जिधर नज़र करेगा
मेरा साया साथ होगा

कभी आईने में देखो
तो दिखेंगी ये निगाहें
तेरे ख़्वाब में मिलेंगी
मेरे प्यार की पनाहें
तू जहाँ भी चाह लेगा
मेरा साया साथ होगा

कहीं रेत का समुंदर
कहीं आरज़ू का दरिया
मैं मिलूँगी मुस्कराकर
लिये चाँद का नज़रिया
तू जो धूप में रहेगा
मेरा साया साथ होगा

कभी आसमाँ पे छाए
किसी बात का अँधेरा
तो वहीं पे आ मिलेगा
मेरी आस का सवेरा
तू कहीं पुकार लेगा
मेरा साया साथ होगा

□

गीत—राजा मेंहदी अली ख़ान
संगीत—मदन मोहन
फिल्म—मेरा साया (1966)
निर्माता—प्रेमजी
निर्देशक—राज खोसला

लग जा गले

लग जा गले के फिर ये हसीं रात हो ना हो
शायद फिर इस जनम में मुलाक़ात हो ना हो

हमको मिली हैं आज ये घड़ियाँ नसीब से
जी भर के देख लीजिए हमको क़रीब से
फिर आपके नसीब में ये बात हो ना हो
शायद फिर इस जनम में मुलाक़ात हो ना हो

कह दीजिए जो प्यार का एहसास है कहीं
कह दीजिए जो प्यार का एहसास है कहीं
दिल में हमारे वास्ते गर ख़ास है कहीं
फिर आँसुओं में प्यार के जज़्बात हों ना हों
शायद फिर इस जनम में मुलाक़ात हो ना हो
लग जा गले

माना है दूर मंज़िलें, ठहरे हैं रास्ते
माना है दूर मंज़िलें, ठहरे हैं रास्ते
चलती रही है ज़िंदगी चलने के वास्ते
हम रुक गए तो ज़िंदगी फिर साथ हो ना हो
शायद फिर इस जनम में मुलाक़ात हो ना हो
लग जा गले

दिल की सदा में डूबती ख़ामोश आरज़ू
दिल की सदा में डूबती ख़ामोश आरज़ू
कर लीजिए जो आपसे करती है गुफ़्तगू
चाहे ज़ुबाँ पे आपके अल्फ़ाज़ हो ना हो
शायद फिर इस जनम में मुलाक़ात हो ना हो
लग जा गले

यादों में जोड़ लीजिए महफ़िल बहार की
यादों में जोड़ लीजिए महफ़िल बहार की
सुन लीजिए सुना रही है धुन ये प्यार की
ख़ामोशियों में फिर मेरी आवाज़ हो ना हो
शायद फिर इस जनम में मुलाक़ात हो ना हो
लग जा गले

तरसे बहुत हैं आपकी नज़रों की प्यास में
तरसे बहुत हैं आपकी नज़रों की प्यास में
भर दीजिए सुकून आज साँस-साँस में
फिर ज़िंदगी में वस्ल के हालात हो ना हो
शायद फिर इस जनम में मुलाक़ात हो ना हो
लग जा गले

□

गीत—राजा मेंहदी अली ख़ान
संगीत—मदन मोहन
फिल्म—वो कौन थी? (1964)
निर्माता—एन.एन. सिप्पी
निर्देशक—राज खोसला

देख लो आज हमको

देख लो आज हमको जी भर के
कोई आता नहीं है फिर मर के

हो गए तुम, अगरचे सौदाई
दूर पहुँचेगी मेरी रुसवाई
देख लो आज हमको जी भर के

आओ अच्छी तरह से कर लो प्यार
के निकल जाए कुछ दिल का बुख़ार
देख लो आज हमको जी भर के

छू के फिर से दिलाओ तुम यक़ीन
ज़िंदगानी अभी तक है हसीन
देख लो आज हमको जी भर के

काश ये लम्हा ठहर जाए यहीं
उम्र पूरी जी लूँ मैं इक पल में ही
देख लो आज हमको जी भर के

हो सके तो चलो लेकर कहीं
रूह मेरी जहाँ मेरी नहीं
देख लो आज हमको जी भर के

ज़िंदगी अब रहेगी बे-क़रार
मौत कर ले भले कोशिश हज़ार
देख लो आज हमको जी भर के

भूल जाओ मुझे तुम अबकि बार
अब नहीं है मुझे भी इंतज़ार
देख लो आज हमको जी भर के

आँख भर लूँ इजाज़त हो अगर
सामने है मेरा तन्हा सफ़र
देख लो आज हमको जी भर के

□□□

गीत—मिर्ज़ा शौक़
संगीत—खय्याम
फिल्म—बाज़ार (1982)
निर्माता—विजय तलवार
निर्देशक—सागर सरहदी